應用叢書

修辭二十五講

表達的藝術

蔡謀芳 著

三民書局

國家圖書館出版品預行編目資料

表達的藝術：修辭二十五講／蔡謀芳著.－－二版一刷.－－臺北市：三民, 2016
面；公分.－－(應用叢書)

ISBN 978-957-14-6153-3 (平裝)

1.漢語 2.修辭學

802.7 105007369

© 表達的藝術
——修辭二十五講

著作人	蔡謀芳
發行人	劉振強
著作財產權人	三民書局股份有限公司
發行所	三民書局股份有限公司 地址 臺北市復興北路386號 電話 (02)25006600 郵撥帳號 0009998-5
門市部	(復北店) 臺北市復興北路386號 (重南店) 臺北市重慶南路一段61號
出版日期	初版一刷 1990年12月 二版一刷 2016年5月
編號	S 800720

行政院新聞局登記證局版臺業字第〇二〇〇號

ISBN 978-957-14-6153-3 (平裝)

http://www.sanmin.com.tw 三民網路書店

再版序

修辭的意義，簡言之，就是表達方式的選擇。既云選擇，可見原本方式不只一種；如今選定一種，則其餘的表達效果應是較遜的。因此，修辭學可以說是「使語文表達更臻精緻」的一門學問。本書名為「表達的藝術」，其義可見。

古代雖沒有「修辭學」的科目，但並非沒有修辭的活動。歷代文學作品，不妨說就是修辭活動的具體成果。今天所謂修辭學，實質就是將修辭活動條理化、系統化，使成為一個專門的研究領域。而所謂修辭格，就是近代學者研究、歸納出來的種種修辭規則。這些規則可以指導人們寫作、可以引領人們鑑賞。而解析這些規則的形式與功能，就是修辭學的課題了。

本書介紹的辭格多數是耳熟能詳的，但普遍都有進一步的經營在其中。這些經營可以歸納做三方面來說：

一、比較異同。例如比較「譬喻」與「比擬」、「譬喻」與「象徵」、「借代」與「借喻」、「拈連」與「轉化」、「跳脫」與「省略」、「藏詞」與「引用」等等。

二、會通辭格。例如「示現」中有「呼告」、「摹狀」中有「烘托」、「錯綜」中有「互文」、

「引用」中有「歇後」、「婉曲」中有「倒反」等等。

三、擴充論題。辭格的形式與功能之間，存有相互的因果關係。要將這些關係逐一指陳，論述勢必達到某一深度。當論題加深了，其外延必然隨之拓展。因此書中各講，如「倒反」、「雙關」、「錯綜」、「借代」、「誇飾」、「摹狀」等等，比諸前人，其講題之結構都顯見擴大。

本書之重心在原理的剖析，文例只是輔助說明的工具，故不多事蒐集。全書二十五講，各講均以「前言」始、「結語」終。前者主釋名，後者主會通、補遺，中間則是分類論述。篇端均有簡綱，可以提挈全文，便於閱覽。

解析辭格，文法是利器，所以讀者須具備文法知識。又，凡前人已言及之觀念而無疑義者，本書原則避免重述，因此初學者宜適度會勘他作，方能圓滿閱讀的成果。

此書再版，除加詳資料出處之註明，也對「拈連」一講之結構做了些修訂，附誌於此。

蔡謀芳 識

敘例

本書全部二十五講，除末講（「新詩的語言」）外，每一講，論一修辭格。其中第二十二講（「具現」）、第二十三講（「添插」）、第二十四講（「扣合」），係本書所開發之修辭格；其餘二十一格，都屬前輩學者所已論及者。雖然如此，本書所賦予之意義範圍，比諸舊書，仍有出入。例如「婉曲」（第十四講）之中，包含「吞吐」之法；「示現」（第二十講）之中，包含「呼告」之法等，均屬異乎前賢之所見。

二十五講之順序，大約循三原則排列：

(一)性質有承繼關係者，宜分先後。例如「譬喻」之法最為眾多修辭格所共涉，故「譬喻」一講乃冠諸全書之首。

(二)在學理上有深淺之別者，宜分先後。例如「象徵」之法涉及心理學與理則學之分析，較具深度，故「象徵」一講之位次偏後。

(三)本書所開發之修辭格，殿於全書之末。

修辭之學不外兩大課題：一是修辭之方式，二是修辭之功能。本書各講亦大致循此軌跡，分類論述。而論述之法又不外「舉例」與「說明」二事。唯本書重心不在蒐集文例，故每次舉例不過一、二條，藉以輔助「說明」而已。各講均以「前言」始、「結語」終。前者以釋名為主，後者以補遺、會通為務。二十五講分別有綱目，揭示於各講之端，以便閱覽。

三年前閱讀前輩學者所著修辭學書，深覺修辭學之領域尚多可供開墾之地。乃著手研析，進行撰述。歷時二年餘，成十餘萬言。旨在發表研究之成果，非屬教科書之編纂。故凡前輩所已言及之觀念而無疑義者，本書原則避免重述。唯在講解過程中有必須照會時，始酌量稱引。唯其如此，初學者讀此書乃宜會勘各家著作，始能對修辭之學得一周延之認識。修辭之技巧無窮，本書所及，不過滄海一粟。願為太山添土而已，豈敢與河海爭流？

蔡謀芳 識

表達的藝術

——修辭二十五講

目次

第一講 譬喻

甲、喻詞
乙、喻體
丙、喻依

前言

取用類似的觀念來相比方，以達曉喻的目的，就是「譬喻」之法。

在文法上，一個句子是用來表達一個完整的觀念的。它的成分包含一個主語（S）及一個謂語（P）。因而譬喻格的標準語型應是：

S_1P_1 譬如 S_2P_2

「S_1P_1」與「S_2P_2」各表示一個句子。例如：

夫賢士之處世也，譬若錐之處囊中。《史記・平原君虞卿列傳》

「賢士」是S_1，「錐」是S_2；「處世」是P_1，「處囊中」是P_2。這是所謂標準語型。而在實際運用上，變化就多了。例如：

聽訟，吾猶人也。（《大學・傳四章》）

依標準語型處理，上文可以改寫作：

吾聽訟，猶人聽訟也。

因為P_1與P_2的內容同為「聽訟」，所以原文將它前置而共用。這就是一種變化運用的例子。「S_1P_1譬如S_2P_2」一式的意思是說：用「S_2P_2」來比方「S_1P_1」。中間的連繫之詞（「譬如」等），通稱為「喻詞」。喻詞之前項（S_1P_1）稱為「喻體」，後項（S_2P_2）稱為「喻依」。當然這種前後也是標準型的次序，在實際運用時，仍有變化的餘地。試看一例：

如行車抓住馬路急馳

人們抓住自己的影子急行（羅門〈都市之死〉）

這是「喻依」在前，「喻體」在後的例子，不同於標準型的次序。「喻詞」、「喻體」、「喻依」三者合為譬喻格的三個「變項」。三者俱全，是完整的譬喻法，通稱為「明喻」。缺喻詞者，稱為「略喻」。缺喻體者，稱為「借喻」。所以稱它們為「變項」者，是因為它們的出現，並不固定一種形式，而有某些變化可行。

譬喻格原是一種極被普遍應用的修辭法。其常格，人所周知，故本篇只論其變格。而其變格實由上述三個變項所主導。故下文即依次論述此三變項。

甲、喻詞

喻詞的種類很多：「如」、「若」、「猶」、「似」……不一而足。茲檢視其他較為特殊的用法。例如：

用嫩嫩的顫音：
發自嬰兒一般的口唇的（覃虹〈護生詩〉）

「嬰兒一般」就是說「如同嬰兒」。所以「一般」也是喻詞。又如：

弱柳從風疑舉袂，叢蘭浥露似沾巾。（劉禹錫〈憶江南〉）

「疑」，不是說「懷疑」，而是說「疑似」。所以「疑」也成一種喻詞。再如：

自從有了天窗
就像親手揭開覆身的冰雪
——我是北地忍不住的春天（鄭愁予〈天窗〉）

第三行的「是」字，實際也是一種喻詞。有些修辭學者特稱此種用法為「隱喻」。因為「是」字原屬「肯定繫詞」，如今變作「喻詞」使用，其「譬喻」之性質隱晦不顯，所以有「隱喻」之名。

用「肯定繫詞」作喻詞的，還有「為」字。例如：

歌吹為風，粉汗為雨。羅紈之盛，多於堤畔之草。（袁宏道〈西湖雜記〉）

兩個「為」字也是「喻詞」的變化運用。他如：

摸你的心事縱橫，溝影深深
你的掌，割裂成皺面的老人
輕輕年紀，怎麼一拳握千歲的傷心？（余光中〈看手相的老人〉）

第二行「成」字也是隱喻的用法。像這類喻詞，在作者主觀的直覺裏，或許仍取字面的常義；但在吾人客觀分析的角度裏，仍不妨視之為「喻詞」的變化運用。

反過來說，有些常用的喻詞，在不同的時機裏，也可能變作他種意義來使用。例如：

……紅的火紅，白的雪白，青的靛青，綠的碧綠；更有一株半株的丹楓夾在裏面，彷彿宋人趙千里的一幅大畫，做了一架數十里長的屏風。（《老殘遊記・第二章》）

文中的「彷彿」當然是個喻詞；但在下面的例子裏：

山有小口，彷彿若有光。便舍船，從口入。（陶潛〈桃花源記〉）

此中「彷彿」就不再是喻詞了。又如：

春天已經來了
我們開始談論生命
以及種種的困惑
譬如永恆、愛情、與及輪迴之類（張錯〈彈指〉）

嚴格說，「譬如」一詞用在取譬相喻——與「例如」一詞之用在舉例說明者，不等。但因二者有某一程度的相似性，人們遂加以混用。如上文第四行雖使用「譬如」一詞，實際是在舉例，而不在取譬，所以不屬「喻詞」的功用。

喻詞在某些時候會被省略，那就是所謂「略喻」了。省略是有條件的。例如：

水至清無魚，人至察無徒。《孔子家語》

上句是喻依，下句是喻體，其間不用喻詞。這種格言體的練句法，喻詞是常被略去的。再如：

長橋臥波，未雲何龍？複道行空，不霽何虹？（杜牧〈阿房宮賦〉）

以「龍」喻「長橋」，以「虹」喻「複道」，其間不用喻詞，也是為了文體形式之需而作的省略。然而正因為是有條件的省略，所以實際無礙於文意的傳達。況且所省略者，乃文中次要字眼，因而使文章句法更見簡潔了。

乙、喻體

省略喻體的譬喻法，叫做「借喻」。例如：

這是天長地久的事。只有千年做賊的，沒有千年防賊的——她知道她母親會放出什麼手段來？（張愛玲〈金鎖記〉）

文中「做賊」、「防賊」等語，是個喻依。喻體被省略了。省略喻體，可以說是起因於譬喻之內容的複雜性——不便一一交代。但因為此間所用的喻依多屬「成語」(包括格言、諺語)——其含意及用法皆有一定。所以雖省略喻體，也不致使讀者失解。再看一例：

魚肚才翻白，山脈就起身了，抖擻森林，舒伸岩骨(鄭愁予〈穿彩霞的新衣〉)

「魚肚白」是常被用來比喻「天色黎明」的成語。所以此處雖不標示「天色」，也不致令人失解。至於不用成語的例子，也必有其他的道理可說。例如：

季澤正在街堂裏往外走。長衫搭在臂上，晴天的風像一群白鴿子鑽進他的紡綢袴褂裏去，哪兒都鑽到了，飄飄拍著翅子。(張愛玲〈金鎖記〉)

「一群白鴿子飄飄拍著翅子」，應是譬喻「風翻長衣的白裏」，但原文並無指示。讀者所以能解，大致是乞靈於對傳統衣著文化的熟悉。

另有一種純從上下文意的發展來理解的例子：

為政以德，譬如北辰居其所而眾星共之。(《論語・為政》)

這一譬喻的喻體，不是「為政以德」，而是為政以德的「效果」。原文雖從略，讀者的理解力自能補足它。

當喻體被省略時，喻詞自然一齊消失。此種修辭技巧的大型製作，就是「寓言體」的寫法了。例如韓愈的〈雜說四〉，全篇只寫「伯樂」與「千里馬」，而實際乃是「人才之識拔與培養」的譬喻。

很多時候，喻體不全部省略，而只略去其半的。例如：

離恨恰似春草，更行更遠還生。（李煜〈清平樂〉）

「離恨」（S_1）的謂語被省略了。文章的主旨「更行更遠還生」（P_2），是「春草」（S_2）的謂語；「離恨」顯然是「離恨無盡」的意思——這也是本例的喻體。雖然略去「無盡」二字，但「無盡」之意自在「更行更遠還生」一語之中。這就是喻體略半的例子。從練句的角度說，該略不略，便是累贅。

丙、喻 依

原則上，喻依是不可以省略的。省略了喻依，就不再是譬喻格了。但是類似前述「省略其半」的情形是有的。例如：

柔情不斷如春水（寇準〈夜度娘〉）

意思是說：「柔情不斷」正如「春水不斷」也。「柔情不斷」是喻體，「春水不斷」是喻依——但只見其主語「春水」；其謂語「不斷」則承上文而省略了。這就是喻依略半的例子。再看一例：

用之如泥沙（杜牧〈阿房宮賦〉）

意思是說：秦人「用財物如用泥沙」。喻依（「用泥沙」）的動詞「用」字，也承上文（「用財物」）省略了。

結語

就實用的目的而言，譬喻格是要引導讀者從「喻依」的角度去瞭解「喻體」的意義。因此「喻依」通常是比較淺近易解且為人熟悉的題材，才成為人們理解「喻體」的媒介。例如蘇洵〈六國論〉裏說：

以地事秦，猶抱薪救火。

論及「荒謬可怖」之義，「抱薪救火」要比「以地事秦」更來得簡明易知，作者乃取前者以喻後者。這就是取譬相喻之理。

但是使用譬喻格，也不全為實用的目的。例如：

對酒當歌，人生幾何？譬如朝露，去日苦多。（曹操〈短歌行〉）

這是藉譬喻之法以造就「誇飾」的文學興味者。又如：

玉容寂寞淚闌干，梨花一枝春帶雨。（白居易〈長恨歌〉）

這是藉譬喻之法以美化文學之意象者。其他用途見於各修辭格之中者，不一而足。聊舉數例以見一斑耳。

第二講 轉化

甲、擬人轉化
㈠人性化稱呼
㈡常態稱呼
乙、擬物轉化
丙、移情轉化

前言

正常的句法，其主語與謂語之間，自然具有一種統一性。但在文學作品中卻有刻意造就「不統一」的時機。「統一」是常態，「不統一」是變格。「轉化」云者，就是指這種變格而言。

所謂「謂語」，就是指：用來述說「主語」的所有文字。那麼「主語」就是指：被「謂語」所述說的對象。「主語」的內容，不是「人」，就是「物」。述說「人」的謂語，與述說

「物」的謂語，自有不同。若發生交錯互用的現象，就是本文所說的「主謂失統」之例。舉例說：

草木含悲

主語「草木」，屬於物性；謂語「含悲」，屬於人性。用人性的「謂語」來述說物性的「主語」，就是「主謂失統」，就是「轉化」的例子。當然，反過來說，用物性的「謂語」去述說人性的「主語」，道理亦同。通常，以人性述說物性，稱為「擬人轉化」；以物性述說人性，稱為「擬物轉化」。所以「轉化格」就包含了「擬人」與「擬物」二款。但本篇論「轉化」，除上述二款之外，又別出第三款，稱作「移情轉化」。下文依次詳解。

甲、擬人轉化

擬人之法，在實際運用上，有兩種表現方式。第一種是：在主語的「稱呼」上便已人性化了的，本文稱之為「人性化稱呼」。第二種則否，故稱為「常態稱呼」。分別舉例說明：

(一)人性化稱呼

每夜，星子們都來我屋瓦上汲水。〈鄭愁予〈天窗〉〉

「星子們」是上文的主語，它所顯示的稱呼方式，已經人性化了。自然接之而來的謂語（「汲水」云云）也是具有人性的。再看一例：

早晨我走進陽臺教室
難得已到了不少花童
然而他們只肯以背影相贈
細長的頸子一齊伸出鐵窗（蘇白宇〈旋轉花〉）

第二句主語「花童」，就是「花」的人性化稱呼。此種「人性化稱呼」法，在童話世界裏，所在多有。諸如「兔寶寶」、「羊伯伯」等均是。既然稱呼已經人性化了，其下文所使用的代名詞，自然也就採「人稱代名詞」了。如第三句的「他們」便是。

本篇所謂「主語」，其實包括一般文法中的「主詞」及「受詞」二者。因為在「主動式句法」與「被動式句法」的互變中，主詞可變為受詞，受詞也可變為主詞。所以二者的分別，有時是無關要緊的。例如：

才始送春歸，又送君歸去。
若到江南趕上春，千萬和春住。（王觀〈卜算子〉）

文中的「春」，就是人性化的「受詞」。就「擬人轉化」之理而言，它與「主詞」的人性化，並無二致。

㈡常態稱呼

怨春不語，算只有殷勤，畫簷蛛網，盡日惹飛絮。（辛棄疾〈摸魚兒〉）

主語「蛛網」，屬於物性，其稱呼並未人性化。只因謂語（「殷勤惹飛絮」云云）是具有人性的，所以也屬於「擬人轉化」之一法。再看一例：

〈新月與孤星〉也沒有親近的擁吻，
只有深深的感受；
也沒有海誓和山盟，
只有默默的廝守；
直到暗夜的盡頭，
望瘦了容光如許；
才黯黯地一同殉情，
溺在黎明的光裡。（余光中〈新月與孤星〉）

主語是「新月與孤星」，謂語有二：一寫星月遙遙相望，二寫星月俱隕於黎明。既都是人性化的述說，所以也是一個「擬人轉化」的例子。

所謂「謂語」，其實常包含多種文法成分在內。這許多文法成分之中，有「動詞」、有「形容詞」、有「副詞」等等。蓋必如是，而後能將作者的意念表述明詳。屬於謂語中的文法成分，在此應無進一步分析的必要。

乙、擬物轉化

主語具有人性，卻用不具人性的謂語來述說，就是「擬物轉化」。而不論是擬人或擬物，總是依據人與物、或物與人之間的「相似點」想像而成的。例如：

七月又怎麼了？所有的花應該都開了
而他卻長滿了一頭白白的蘆葦（沙穗〈老宅〉）

「他」是人，該長滿的是「一頭白髮」，卻說是「一頭白白的蘆葦」。所依據的就是「頂上白」這一個相似點。再看一例：

五尺三寸，頂上已伸入了雪線
黑松林深處盡是皚皚（余光中〈五十歲以後〉）

這是將「頭頂白髮」擬作「山頂白雪」來述說的。主語是人，所以屬於「擬物」的轉化。

因為「擬物」與「擬人」的修辭原理都是依據人與物之間的「相似點」想像而成，所以它們就與「譬喻」修辭法很相近了。且看一例：

弱柳從風疑舉袂（劉禹錫〈憶江南〉）

這是譬喻格的例子。弱柳迎風，疑似舉袂。「疑似」就是「如同」——是個「喻詞」。因「柳」似「袂」，故以「袂」喻「柳」。若將「疑」字去除，則原文作：

弱柳從風舉袂

這不就成了「擬人轉化」的句子了？再如上述「擬物轉化」的例子：

他長滿了一頭白白的蘆葦

若加一個喻詞「似」字進去，原文變作：

他長滿了一頭似蘆葦的白髮

不又成了譬喻格的句子？由此可證「轉化」之法（即指「擬人」與「擬物」）與「譬喻格」之關係的密切了。至於它們之間的分野，倒不在於「喻詞」的有無，而在作者「心理狀態」的不同：「轉化」的造就，是屬於一種不自覺的心理狀態——在不自覺中，以人性述說了物性，或以物性述說了人性，而造成「主調失統」的局面；「譬喻」的造就，則是在清明自覺之心態下，取甲（喻依）譬乙（喻體）的結果。當然，「譬喻」的意義與功能，尚不止於此。這裏主要只是在勘察「比擬」與「譬喻」的分際而已。

丙、移情轉化

簡單地分析「移情作用」的心理，就是：在直覺的觀照下，物我的界域屏除，內（心）外（物）流通為一體，全世界只是一個「大我」，因此都分受了我的人格，也分受了我的情感。以常識觀點說，就是「我」的情感外移到「物」的身上去，故名「移情作用」。

既然人的情感移到物的身上去，在語文的表現上，就會有：以「人性的謂語」去述說「物性的主語」的狀況發生。於是又形成「主謂失統」的修辭法了。而這種修辭法極似前述的「擬人轉化」，所以也常被學者合併而共論之。先看一例：

春風不解禁楊花，濛濛亂撲行人面。（晏殊〈踏莎行〉）

主語是「春風」，其人性化的謂語是「不解禁楊花」。這種轉化，並不依據什麼「相似點」，而只是因作者移情的作用，使「春風」人性化了。既然「春風」人性化了，用以述說的「謂語」，當然也就具有人性了。如此造成的「主謂失統」，外表同乎「擬人轉化」，但過程究有分別。再看一例：

明月不諳離恨苦，斜光到曉穿朱戶。（晏殊〈蝶戀花〉）

主語是「明月」，謂語是「不諳離恨苦」。謂語的人性化，也來自作者的「移情作用」，而非有任何「相似點」作依據。所以是屬「移情轉化」，不屬「擬人轉化」。「比擬」之法（指「擬人」、「擬物」）與「譬喻」之法可以互變（如前所論），「移情」之法則否。即因「比擬」與「譬喻」都是根據事物的「相似點」來運轉的；而「移情轉化」乃根據「移情作用」來運作，所以不同。

結語

「轉化」的名義，原是指「謂語的轉變」——這使得主語與謂語失去統一性。就此而言，轉化格主要即包含「擬人轉化」與「擬物轉化」二類。本篇別出的第三類——「移情轉化」，因為它類似「擬人轉化」，所以往往被學者併入「擬人轉化」中，而合稱「比擬格」。

本篇「轉化」計分三類，實際也可說有四類。這第四類就是指合在「擬人轉化」中的「人性化稱呼」一類。因為其他三類之轉化都表現在謂語，只有此類的轉化表現在主語，所以特殊。畢竟它與「擬人轉化」，性質最近，所以權且附在「擬人轉化」一類中。分合之法原無絕對性；確識分合之理才是要務。

第三講 映 襯

甲、單襯
(一)直托
(二)烘托
(三)反托
乙、互襯
丙、假襯

前 言

意念的傳達，不採單刀直入之法，而藉由「比較」之手段來映現，此種修辭技術，叫做「映襯格」。在進行「比較」之前，當然須先有兩個互異的事體並立著。但這兩個互異的事體，又必須要能統一在一個更高的概念之下，此一「比較」才能發生意義。舉例說：

昔我往矣，楊柳依依；今我來思，雨雪霏霏。《詩經・小雅・采薇》

「昔」、「今」二字，義雖不同，但能統一在「時間」概念之下。「往」、「來」二字，義雖相反，但能統一在「動向」概念之下。由此可以說：「比較」乃是一種「同中見異」的活動。而「映襯格」正是建立在這個原理之上的修辭法。

以上所論是「映襯格」的條件定義。至於用來相映襯的兩個事體，在作品中的地位，有時是一為主體、一為客體；有時是互為主體與客體。前者是單向的主客關係，本篇稱之為「單襯」；後者是雙向的主客關係，本篇稱之為「互襯」。此外另有一類名為「假襯」的，那是指：徒具形式而無實質的映襯技巧。下文即依類舉例說明之。

甲、單　襯

兩個事體，主客分明：由客體的襯飾作用，以彰顯主體，是為「單襯」之法。「單襯」之中，復因運襯技巧的變化，再分而有「直托」、「烘托」、「反托」三款。分別舉例：

(一)直托

同時述說主體與客體，而主客關係顯然可辨者，是謂「直托」。例如：

舉世皆濁我獨清，眾人皆醉我獨醒。（屈原〈漁父〉）

以「舉世」、「眾人」來襯托「我」；前者是客體，後者是主體。主客分明。這是最典型的映襯法。又如：

匹夫而為百世師，一言而為天下法。（蘇軾〈潮州韓文公廟碑〉）

以「百世師」襯托「匹夫」，「天下法」襯托「一言」。都是主客分明，直接托現的映襯法。

㈡烘托

不寫主體，但渲染主體之周邊，藉以烘現主體，此法叫做「烘托」。例如：

春風桃李花開日，秋雨梧桐葉落時。西宮南內多秋草，落葉滿階紅不掃。梨園子弟白髮新，椒房阿監青娥老。（白居易〈長恨歌〉）

主體應是「玄宗皇帝之情懷」。但上文只寫主體之周邊事象，欲藉以烘現主體之所在。所以是屬於「烘托」之法。再如：

傳來消息滿江鄉，烏桕紅經十度霜。教曲妓師憐尚在，浣紗女伴憶同行。舊巢共是銜泥燕，飛上枝頭變鳳凰。長向尊前悲老大，有人夫婿擅侯王。（吳偉業〈圓圓曲〉）

主體是「陳圓圓的榮耀」，但上文卻從「故舊的落寞」來烘現。這就是「烘托」之法。

㈢反托

筆墨偏重在客體而不在主體，但其結果卻是突顯了主體。此謂之「反托」。例如：

覽斯宇之所處兮，實顯敞而寡仇。挾清漳之通浦兮，倚曲沮之長洲。背墳衍之廣陸兮，臨皋隰之沃流。北彌陶牧，西接昭丘。華實蔽野，黍稷盈疇。——雖信美而非吾土兮，曾何足以少留。（王粲〈登樓賦〉）

客體是「異鄉之美」，主體是「懷歸之切」。末二句才是寫主體的，前十句則寫客體。因為客體是用來襯墊主體的，所以對客體的描述愈多，所反顯出來的主體就愈強。此即「反托」之理。再如：

是時秦兵既盛，都下震恐。謝玄入問計於謝安，安夷然答曰：「已別有旨。」既而寂然。玄不敢復言，乃令張玄重請。安遂命駕出遊山墅。親朋畢集；與玄圍棋賭墅。安棋常劣於玄；是日玄懼，便為敵手，而又不勝。安遂遊陟，至夜乃還。（《資治通鑑・肥水之戰》）

主體是謝安，客體是謝玄。藉寫謝玄之慌亂，以反托謝安之鎮定。文字表面以謝玄為主，裏面實以謝安為主。這就是「反托」之法。

乙、互襯

兩個事體並舉，彼此可互為主體與客體，此種映襯法，稱為「互襯」。例如：

世亂則聖哲馳騖而不足；世治則庸夫高枕而有餘。（揚雄〈解嘲〉）

上下兩句各寫相反的情況，因而形成映襯之勢。但彼此相互襯托，並無絕對的主客之分。這就是「互襯」之法。再如：

尺箠當猛虎，奮呼而操擊；徒手遇蜥蜴，變色而卻步。（蘇洵〈心術〉）

上兩句與下兩句也是互為主客的映襯形勢。

丙、假襯

由文字表面的相對性所造就的映襯法，稱為「假襯」。舉例說明之：

> 上德不德，是以有德。（《老子‧三十八章》）

「不德」與「有德」二詞相反，因而形成一種映襯之勢。但實質上兩個「德」字意義不等，作者卻同時使用同一「德」字。所以上文的對映性，是由「混同字義」而造就的，是為「假襯」。再看一例：

> 既以與人，己愈多。（《老子‧八十一章》）

若站在同一層面講，「既以與人」的結果應該是「己愈少」。如今故意不分層次來講，才造成了上文的矛盾形勢。「矛盾形勢」自然有一種映襯性；但此一矛盾是由「混同層次」而造就的，所以也是「假襯」之一種。如此的修辭藝術，通常使用在格言、警語，或是文字遊戲之間，亦自有一種興味。

結語

映襯修辭，基本上是由兩個事體相比較而造就的。但實際上，「比較」之運用並不限於兩個事體之間。諸如：

民為貴，社稷次之，君為輕。（《孟子・盡心下》）

一年之計，莫若樹穀；十年之計，莫若樹木；終身之計，莫若樹人。（《管子・權修》）

這都是三個互異的事體並列比較之例，也可以視為「映襯格」的擴大使用。

第四講 誇 飾

甲、誇飾的方法
(一)數字法
(二)譬喻法
(三)描摹法

乙、誇飾的方向
(一)正向
(二)反向
(三)相向

丙、誇飾的對象
(一)對象在因
(二)對象在果

前　言

「記敘」與「描寫」不同：對事象作直接而客觀的記錄者，是記敘之法；當事象進入心中，與作者心靈融匯之後再寫出來的，便是描寫之法。所以「描寫」可以說是一種間接而主觀的記敘之法。

「誇飾」乃是描寫技術之一種。當作者感受到一個事象的震撼而將之轉達出去，讀者所接收到的，已不是原始的事象，而是作者一己之心象。這個心象就是原始事象與作者心靈的融合體。作者不但轉達它，而且不自覺地強化它，「誇飾」活動於焉形成。所謂「強化作用」，乃是屬於「度量」（程度、數量）的範疇。所以「誇飾格」就是指「度量」方面的描寫技巧。

關於「誇飾」技巧的種類，本篇提出三個分類的角度：一是「誇飾的方法」，二是「誇飾的方向」，三是「誇飾的對象」。下文分別說明之。

甲、誇飾的方法

文學作品中敘述事象的度量，約有三種方法：一是「數字法」，二是「譬喻法」，三是「描摹法」。分別舉例如下：

㈠數字法

作者所示之數字，顯然超過實際的度量時，就是一種「數字誇飾法」。在誇飾格中所用的數字，其實多半為「極大」與「極小」的代稱，並不用來傳達實際的數量。所以是屬於一種「虛設」的方法。例如：

> 太夫人告之曰：「汝父為吏，廉而好施與……故其亡也，無一瓦之覆、一壠之植以庇而為生。」（歐陽修〈瀧岡阡表〉）

「一瓦之覆」、「一壠之植」，是極言其「家產」之小。「一」字屬於虛設之數，乃「極小」之代稱。再如：

> 汝今得此二字，在閨閣中固是良友；然於世道中，未免迂闊怪誕，百口嘲謗、萬目睚眦。（《紅樓夢・第五回》）

「百口嘲謗」、「萬目睚眦」則是極言「責難」之大。

㈡譬喻法

取譬之度量顯然超過所喻之度量時，就是一種「譬喻誇飾法」。「譬喻」的用途很廣，而用在「誇飾」上的即佔一大比例。例如：

> 鵬之背，不知其幾千里也。怒而飛，其翼若垂天之雲。（《莊子・逍遙遊》）

以「垂天之雲」喻「鵬翼」之大。這是言過其實的譬喻，所以也是一種「誇飾」。再如：

> 我為百姓父母，豈可限一衣帶水不拯之乎？（《南史・陳後主紀》）

以「一衣帶」喻「河水」之狹，也是言過其實的譬喻。

㈢描摹法

描繪事象之狀態而使言過其實，就是「描摹誇飾法」。例如：

> 樊噲側其盾以撞，衛士仆地。噲遂入，披帷，西嚮立。瞋目視項王，頭髮上指，目眦盡裂。（《史記・項羽本紀》）

「頭髮上指，目眦盡裂」二句極寫怒狀，顯然是誇飾的描繪。再如：

> 人窮則頭易縮，肩易聳，頭易垂，鬚髮許是特別長得快，擦著牆邊逡巡而過，不是賊也像是賊。（梁實秋〈窮〉）

這是極寫貧賤猥瑣之態，也算一種「描摹誇飾」之法。

以上「數字法」、「譬喻法」、「描摹法」，乃是誇飾格的三種基本方法。

乙、誇飾的方向

「一擲千金」是極言揮霍，「一毛不拔」是極言吝嗇。二者俱屬誇飾之格，而所誇飾之方向正相反。若以前者為「正向誇飾」，則後者為「反向誇飾」。從「方向」的角度來討論「誇飾」的技巧，則誇飾格也可分作「正向」、「反向」、「相向」三種。分別舉例如下：

㈠正向

況隔千山萬水，生死存亡，雖有音書難寄。《琵琶記・丹陛陳情》

「千山萬水」極言山水之多，是「正向誇飾」，同時也是「數字法誇飾」。

騰蛟起鳳，孟學士之詞宗；紫電青霜，王將軍之武庫。（王勃〈滕王閣序〉）

「騰蛟起鳳」誇喻才華富盛；「紫電青霜」誇喻兵器精良。二者俱屬「正向誇飾」，同時也是「譬喻法誇飾」。

布奠傾觴，哭望天涯，天地為愁，草木淒悲。（李華〈弔古戰場文〉）

這是極寫生離死別的慘痛。屬於「正向誇飾」之例，同時也是「描摹法誇飾」之例。

㈡反向

不費斗糧、未煩一兵、未戰一士、未絕一弦、未折一兵，諸侯相親，賢於兄弟。（《戰國策・秦策》）

這是極言「所費」之小，屬於「反向誇飾」，同時也是「數字法誇飾」。

甑中生塵范史雲，釜中生魚范萊蕪。（《後漢書・范冉傳》）

「甑中生塵」、「釜中生魚」俱是誇喻貧乏之極，屬於「反向誇飾」，同時也是「譬喻法誇飾」。

別疏湯泉，詔賜藻瑩。既出水，體弱力微，若不任羅綺。（陳鴻〈長恨歌傳〉）

「不任羅綺」是極寫嬌弱無力之態，屬於「反向誇飾」，同時也是「描摹法誇飾」。

㈢相向

正反兩向同時運用，使「度量」倍增的誇飾法，實際就是前述「正向」與「反向」二法的綜合技巧。例如：

古人賤尺璧而重寸陰，懼乎時之過已。（曹丕《典論・論文》）

「尺璧」是極大的財富，「寸陰」是極小的時光；相對成文的結果，加倍強化了「度量」的印象。同時它仍屬於「數字法誇飾」。

世溷濁而不清：蟬翼為重，千鈞為輕；黃鐘毀棄，瓦釜雷鳴。（《楚辭・卜居》）

後四句是兩個「相向誇飾」的例子。因為主旨在「世溷濁而不清」，所以那四句同時又屬於「譬喻法誇飾」之例。

鼎鐺玉石，金塊珠礫。（杜牧〈阿房宮賦〉）

二句八字，屬於四個「相向誇飾」之例。極寫秦宮人之華奢無度，所以同時也屬於「描摹法誇飾」。

以上論述「誇飾的方向」，是配合「誇飾的方法」而行的。

丙、誇飾的對象

若作品表面所誇飾的對象，並非作者直接所欲誇飾的目標，就是一種「間接誇飾」之法。凡事不離因果關係：見因可以知果，見果可以知因。若作品誇飾的對象在「因」，而作者的實際目標在「果」；或對象在「果」，而目標在「因」，就都屬於「間接誇飾」之法。準此以言，前文所舉各例，應多屬於「直接誇飾」之法，茲不再舉，只舉「間接誇飾」之例：

㈠對象在因

是猶以管窺天，以蠡測海，其被囿也亦巨矣。（連橫〈臺灣通史序〉）

「被囿也巨」是「果」；「以管窺天，以蠡測海」是「因」。作品誇飾的對象在「因」，但作者的最終目標在「果」——極言被囿也巨。所以說這是一種「間接誇飾」之法。再如：

夫以秦王之暴，而積怒於燕，足為寒心，又況聞樊將軍之所在乎！是謂委肉當餓虎之蹊也，禍必不振矣。（《史記・刺客列傳》）

「委肉當餓虎之蹊」是「因」，「禍必不振」是「果」。誇飾之對象在前，目標在後，所以是「間接誇飾」之例。

㈡對象在果

子在齊，聞韶，三月不知肉味。（《論語・述而》）

「三月不知肉味」是「果」，「韶之美善」是「因」。作品誇飾的對象在「果」，但作者實際目標在「因」。所以這也是一種「間接誇飾」之法。又如：

北方有佳人，絕世而獨立。一顧傾人城，再顧傾人國。（《漢書・李夫人傳》）

「絕世美貌」是「因」，「傾城傾國」是「果」。誇飾之對象在後，目標在前，所以也是「間接誇飾」之例。

結語

「數字」、「譬喻」、「描摹」三者是「度量」的表現方法。「正向」、「反向」、「相向」三者是「度量」的表現方向。三三相乘，誇飾格的類例便有九種。再乘上「誇飾的對象」有「直接」與「間接」二法，便得十八款了。

誇飾的原理就在為讀者造就一種「度量」的印象。若作者只能在文法語氣上強調，或僅用些修飾性的副詞，其誇飾效果是不彰顯的。

譬喻的方式是以甲喻乙。而甲與乙既非同一事物，其間多少有一差距。此一差距就是譬喻格之「誇飾傾向」的原理所在。例如「身輕如燕」一語，雖只是一個譬喻，卻隱含著誇飾的傾向。——畢竟「人身之輕」比「燕」還是不如的。由此而論，一個「譬喻」是否同時算是「誇飾」，就視其「喻依」與「喻體」之間的差距大小而定了。

第五講　摹　狀

甲、對象

㈠物態

㈡心態

㈢事態

1. 動態

2. 靜態

乙、技巧

1. 譬喻

2. 轉化

3. 烘托

前言

物有物體，事有事體。事物之體所顯現的性相，構成了眼前的大千世界。用語言、文字去臨摹此等性相，使之再現於口中與紙上的技術，就是「摹狀格」。摹，是描摹；狀，是形容。視「摹狀」為一詞結，則「狀」是名詞；視為一詞聯，則「狀」是動詞。作名詞解，只取「形狀」之義，範圍太狹。作動詞解，便可與「摹」字之義相補充，則凡事物之聲、貌、性、態等，都成其訴求之對象了。

若說「那是個蘋果」，聽者所得到的只是一個種類的概念——一個恍惚的共相。若改說「那是一個紅色的蘋果」，或說「在陽光下，鮮艷欲滴」，甚至說「令人不禁垂涎」，這些話提供了蘋果的性相——從視覺到味覺——給聽者有具體感覺的機會，因而印象鮮明。這種表現事物的方法，就是「摹狀」之法。下文按摹狀格的「對象」及「技巧」二方面，分類討論。

甲、對象

概觀這世界的性相狀態，大約可分作三方面，就是：屬於人的、屬於事的、屬於物的。所謂「人」，乃指「人心」而言。因為除去「心」，人只是「物」的一種。以下即按物態、心態、事態三方面，分別舉例說明：

㈠**物態**

物之態就是指物體所顯現的性相。從「觀念論」的立場說，物之性相乃是人的官能所賦予的；人又將之視為物體本身所具而加以描摹。據此而言，人有視、聽、嗅、味、觸五種官能，物之性相即有五種。試舉數例以見一斑：

青箬笠，綠蓑衣，斜風細雨……。（張志和〈漁歌子〉）

此中寫顏色、寫形狀。

紅藕香殘玉簟秋（李清照〈一翦梅〉）

此中寫花香、寫秋涼。

大弦嘈嘈如急雨，小弦切切如私語。（白居易〈琵琶行〉）

此中寫琵琶之聲。

㈡**心態**

心之態由內省而得。雖無形貌，仍有狀態，所以也是描摹的對象。例如：

黯然銷魂者，唯別而已矣。（江淹〈別賦〉）

尋尋、覓覓、冷冷、清清、悽悽、慘慘、戚戚。（李清照〈聲聲慢〉）

剪不斷，理還亂，是離愁。別是一般滋味在心頭。（李煜〈相見歡〉）

以上描寫心理狀態。

㈢事態

大概言之，物與物、物與心，往來相涉所形成的綜合狀態，就是事之態。所以，比起物態及心態，事之態顯得更複雜，範圍也更廣。茲按動、靜二分法討論之：

1. 動態：

既窈窕以尋壑，亦崎嶇而經丘。木欣欣以向榮，泉涓涓而始流。〈陶潛〈歸去來辭〉〉

前寫人物尋訪丘壑之歷程，後寫物類活動之狀態。

2. 靜態：

大道之行也，天下為公。……是故謀閉而不興，盜竊亂賊而不作，故外戶而不閉，是謂大同。〈《禮記・禮運》〉

這是描述理想世界的圖象，宜屬「摹狀事態」的範圍。

乙、技巧

摹狀的技巧有直接與間接二法。直接法就是運用修飾詞(modifier)去陳述對象，例如：

非徒殊艷尤態致是，蓋才智明慧、善巧便佞……有不可形容者。〈陳鴻〈長恨歌傳〉〉

寫相貌、才智，用多種修飾詞。

時而淋淋漓漓，時而淅淅瀝瀝。天潮潮、地濕濕。（余光中〈聽聽那冷雨〉）

寫雨，用許多疊字修飾詞。

這種直接描摹的方法，除了「擬音」（如上文「淅淅瀝瀝」）之例以外，都嫌抽象。要求更具體的表現，則有間接的描摹法——包括譬喻法、轉化法、烘托法——這些是運用聯想作用以造就具體印象的方法。分別舉例說明：

1. 譬喻：

其聲嗚嗚然，如怨、如慕、如泣、如訴。（蘇軾〈赤壁賦〉）

寫簫聲幽怨，取譬人們的日常經驗，所以具體易解。

五臟六腑裏，像熨斗熨過，無一處不伏貼；三萬六千個毛孔，像喫了人參果，無一個毛孔不暢快。（《老殘遊記·第二章》）

寫心理狀態，訴諸通俗經驗，令人感同身受。

2. 轉化：

「轉化」，一稱「比擬」。原理類同「譬喻」，只是筆法有別：

知否、知否？應是綠肥紅瘦。（李清照〈如夢令〉）

寫花少葉多，用肥、瘦二字，是擬人法。

看著你一頭的白髮緩緩地拂掃著臉上四十年來時間犁耕的溝痕。（葉維廉〈故鄉事〉）

寫臉上皺紋，用「犁耕的溝痕」，是擬物法。

3. 烘托：

不直接寫主體，但寫周邊客體以托現主體，即為烘托之法。例如：

環堵蕭然，不蔽風日；裋褐穿結，簞瓢屢空。（陶潛〈五柳先生傳〉）

所烘托的主體是：五柳先生的貧窮。

苔痕上階綠，草色入簾青，談笑有鴻儒，往來無白丁。可以調素琴、閱金經。無絲竹之亂耳，無案牘之勞形。（劉禹錫〈陋室銘〉）

所烘托的主體是：陋室的格調。

那雙眼睛……左右一顧一看，連那坐在遠遠牆角子的，都覺得王小玉看見我了；那坐得近的更不必說。就這一眼，滿園子裏便鴉雀無聲，比皇帝出來還要靜悄得多呢！連一根針跌在地下，都聽得見響。（《老殘遊記・第二章》）

所烘托的是：王小玉犀利的目光。

「烘托」之摹狀技巧，比「譬喻」、「轉化」二法更間接，更費筆墨，所需的聯想功夫也更大；然而所造就的文藝氣息也更濃厚。又，三者各自具有不同的用途；出現在「摹狀格」只是它們共具的一種功能而已。

結　語

文法中論句型，有「表態句型」一種。它固然以「摹狀」為主要功能，但「摹狀」之文法並不限於「表態句型」。例如「心頭有點兒酸澀」一句，是「有無句型」；但實質是描摹心態的。若改作「心頭酸澀」，就成「表態句型」了，而語意依舊。

又，「敘述句型」基本上是使用動詞的；但有些動詞造出來的句子卻具有「摹狀」的性質。例如「他在推敲文字」一句，是「敘述句型」。但分析其動詞「推敲」，乃是「審慎思索」之義——此中除含有動性（思索）之外，也含有描摹性（審慎）。因為「推敲」是這樣一個複合的詞語，因此所造就的句子，從文法學看，是「敘述句型」；從修辭學看，則屬「摹狀格」。由此而論，修辭學是比文法學更重視實質內容的。

第六講 排 偶

甲、排比
乙、對偶
㈠前後旨意平列的
㈡前後旨意同一的
㈢前後詞意重出的
1. 雙重否定
2. 疑問否定
丙、綜合運用

前 言

「排偶」一詞原是「排比」與「對偶」二名合併而成的。「排比」與「對偶」各是一種修辭技巧。在理論上，它們各有其適用的對象；但在實際作品中，二者常有交複運作的現象。

如果分篇論述之，除不便比較其間關連性之外，一些交複運作的實例也將無處安置。這是本篇合併論述的理由。

綜觀文學史，「排比」與「對偶」二格，從自然的混合書寫，到刻意的綜合運用，在在顯現著雙方關係之密切性。語文的發展，總是由「實用」到「藝術」的走向。在「實用」階段，語文的「形式」必然是由語文的「材料」來決定的。直到「藝術」階段，才有「形式」決定「材料」的事情。「排比」與「對偶」的牽連性，起源於它們所表現的材料。試舉二例分析之：

> 請句踐女女於王，大夫女女於大夫，士女女於士。（《國語・越語》）

這是一個「排比」的例子。內容材料都是關乎「以女女之」的事件；但前後三件有階級之分。那就是說：這個例子中的材料，是「同中有異」的。當然也可以說是「異中有同」的。

> 業精於勤，荒於嬉；行成於思，毀於隨。（韓愈〈進學解〉）

這是一個「對偶」的例子。內容材料都是關乎「進學受業」的事件；但上聯說「學業」，下聯說「德行」。那就是說：這個例子中的材料，也是「同中有異」的；或說是「異中有同」的。

比較上面的解析可發現：「排比」與「對偶」兩種技巧使用的對象（材料），幾乎是同質的。但上述兩例卻有一個值得注意的相異點，那就是：兩者所敘述的事件的數量，前一例是三件（王、大夫、士），後一例是二件（業、行）。

修辭的形式，固然決定於作者的意願；但「材料的質量」更是左右作者意願的要素。像這種「同中有異」、「異中有同」的材料，就促使作者選擇了「排偶」的修辭形式。當進一步考慮材料之「數量」時，屬於雙數的事件，便傾向於「對偶格」的選擇；屬於三數以上的事件，便傾向「排比格」的選擇。下文即就「排比」、「對偶」、「綜合運用」三方面，舉例論述。

甲、排比

一個原因，可以造就多個結果。例如：

為人能辛苦，則無荒於禽、無荒於觴、無荒於色、無荒於瓊宮瑤臺之觀。（史可法〈請進取疏〉）

「無荒於禽」、「無荒於觴」、「無荒於色」、「無荒於瓊宮瑤臺之觀」，雖是四個相異事件，但都屬於「為人能辛苦」的結果。作者為表現它們「多樣中的統一性」，所以選用「排比」之技巧。

一個「綱」之下，可以領多個「目」。例如：

有昔者必有今日。是故碎瓦頹垣，昔日之歌樓舞館也；荒榛斷梗，昔日之瓊蕤玉樹也；露蠶風蟬，昔日之鳳笙龍笛也；鬼燐螢火，昔日之金釭華燭也；秋荼春薺，昔日之象白駝峰也；丹楓白荻，昔日之蜀錦齊紈也。（劉基〈司馬季主論卜〉）

文中所述諸事件，都繫屬於「有昔者必有今日」一個綱領。個別事件之間，原本存在著或多或少的差異；作者為強調它們內具的統一性，除採相似的句型敘述外，尤在各句之關鍵位置上，安排相同的字眼，使語文的外觀顯現著一種統一性來。

但有時因為相似的句型，使語文外觀流於單調，於是又有「字詞變化」的講究。例如：

孝公既沒，惠文、武、昭襄，蒙故業、因遺冊，南兼漢中、西舉巴蜀、東割膏腴之地、北收要害之郡。（賈誼〈過秦論〉）

「蒙」、「因」二字，同義異詞。「兼」、「舉」、「割」、「收」四字，同義異詞。這都是「排比」的修辭藝術。

乙、對偶

為表現一種對立性的材料，而傾向一種對稱的語文形式的選擇，就是「對偶修辭」。例如：

昔聞投簪逸海岸，今見解蘭縛塵纓。（孔稚珪〈北山移文〉）

「逸海岸」與「縛塵纓」，是對立性的觀念，所以上下文採用對稱的語文形式。又為了避免因「對稱」而造成駢板，所以同時講求字詞的變化。例如上寫「聞」，則下用「見」；上寫「投」，則下用「解」等是。這就是「對偶」的修辭藝術。

「對偶形式」原是應「對偶材料」之需而發展成的。其後刻意表現對偶藝術的結果，本不屬對偶性的材料，也採用了對偶的修辭技術。於是對偶格的形式意義，便超出實質意義之外了。此種只具形式意義的對偶法，依其所使用的材料性質而論，實有三等。分別舉例說明：

㈠前後旨意平列的

落霞與孤鶩齊飛，秋水共長天一色。（王勃〈滕王閣序〉）

「落霞」、「孤鶩」與「秋水」、「長天」，各是一方景色，彼此間只是平行的關係，並無對偶性；但作者仍採用對偶形式。

㈡前後旨意同一的

燕啄皇孫，知漢祚之將盡；龍漦帝后，識夏庭之遽衰。（駱賓王〈為徐敬業討武曌檄〉）

上下文各敘一史事。事雖異，但旨意同。——不屬於對偶性觀念，只是作者採用對偶修辭而已。

㈢前後詞意重出的

繫頸蠻邸，懸首藁街。（丘遲〈與陳伯之書〉）

「繫頸」與「懸首」，「蠻邸」與「藁街」，只是詞面不同，詞意並無分別。不但不是對偶性觀念，實乃同一詞意之重複出現而已；而其修辭形式仍屬對偶技巧。

屬於「詞意重複」的對偶法，尚有兩款技術可用：

1. 雙重否定：

非秦者去，為客者逐。（李斯〈諫逐客書〉）

「非」乃「為」之否定，「秦者」乃「客者」之否定。所以「非秦者」與「為客者」，只是一意之重出。

2. 疑問否定：

宋微子之興悲，良有以也！袁君山之流涕，豈徒然哉？（駱賓王〈為徐敬業討武曌檄〉）

「徒然」即「無故」的意思。所以「豈徒然？」（疑問否定）就是「良有以！」乃是一意之重出。

丙、綜合運用

先看一例：

主上屈法申恩……將軍松柏不翦，親戚安居；高臺未傾，愛妾尚在。（丘遲〈與陳伯之書〉）

因為「屈法申恩」，所以：「松柏不翦」、「親戚安居」、「高臺未傾」、「愛妾尚在」。論材料，這是適於使用排比技巧來表達的。但原作的形式實依違於「排比」與「對偶」之間：論其謂語，「不翦」與「安居」，「未傾」與「尚在」，都是標準的對偶法；但論其主語，「松柏」、「親戚」、「高臺」、「愛妾」四者，只是一串排比，毫無「對偶」的處理。所以這實在是一個排、偶合用的例子。

綜合運用的最高境界可能要屬一種「大型排比」的經營。試看一例：

美色幸御，精神半付於蛾眉：君忘中原矣。新亭之血淚漸乾，東山之絲竹日鬧：臣忘中原矣。望使徒痛於高麗，拜詔不呼於河湟：民忘中原矣。始矜壯志於上馬，謂黃龍之直抵有期；終耗雄心於跨驢，謂西湖之行樂可老：將若士俱忘中原矣。（史可法〈請進取疏〉）

從局部看，「新亭之血淚」以下有三組對偶的句子。從全文看，則整段是一大排比的例子。這又是一種排、偶合用的方式。

結 語

如果說「排比」等於「並肩排列」，則「對偶」等於「對面而立」。前者同方向，後者反方向；前者表現「統一性」，後者表現「對立性」。所以說「排比」的訴求重心在「同」，「對偶」在「異」。二者各有擅場。若論字句藝術的造詣，則「對偶法」當在「排比法」之上。所以作者在使用「排比」之際，也常兼「對偶」之技巧而用之。「對偶格」之極致，可以全然超越實質需求，而但求形式之意義。追究文學之原始，當先有實質需求，然後才設計形式以為用。後世駢文、律詩、對聯諸體，乃以「對偶法」為指定的形式。是這種修辭技巧已發展成文章體裁了。由此亦可見「對偶」技術發達之一斑。

第七講 層 遞

甲、材料

㈠數量的秩序

㈡品質的秩序

㈢階層的秩序

㈣時間的秩序

㈤邏輯的秩序

乙、形式

㈠只按材料秩序者

㈡兼用層遞之詞者

㈢兼用銜疊句法者

前言

三件以上同屬一種「秩序性」的事物，被依序述說出來，就是屬於「層遞修辭」的作品。例如：

言之不足，故嗟歎之；嗟歎之不足，故永歌之。（卜商〈詩大序〉）

「言之」、「嗟歎之」、「永歌之」三者，依序表現了一種「情緒宣洩」的等級。這就是「層遞」的修辭技巧。如果所欲表達的材料，不具「秩序性」；或者雖具「秩序性」，而不依序述說，都不能成就此種修辭格。又如果材料不在三件以上，也就沒有「秩序性」之可言。譬如數學中的「級數觀念」：「2」、「4」、「6」三個數，相鄰之間的差都是「2」。由上看下來，是「漸大」的秩序；由下看上去，是「漸小」的秩序。故至少需有三項，它們的「秩序性」（或說「方向性」）才得以確定。

下文依層遞修辭的「材料」與「形式」兩方面論述。

甲、材料

「秩序」一詞的意義相當廣泛。下面約舉五種秩序以見一斑：

㈠數量的秩序

道生一，一生二，二生三，三生萬物。（《老子・四十二章》）

一身之迷不足以傾一家，一家之迷不足以傾一鄉，一鄉之迷不足以傾一國，一國之迷不足以傾天下。（《列子・周穆王》）

前一例述說數字的大小，後一例述說範圍的大小，都屬於「數量」的秩序。

㈡品質的秩序

失道而後德，失德而後仁，失仁而後義，失義而後禮。（《老子・三十八章》）

這是述說生活品質的高下。

知之者不如好之者，好之者不如樂之者。（《論語・雍也》）

這是述說修養境界的高下。

㈢階層的秩序

得乎丘民而為天子，得乎天子而為諸侯，得乎諸侯而為大夫。（《孟子・盡心下》）

「天子」、「諸侯」、「大夫」三者，屬於封建社會的階級秩序。

禽鳥知山林之樂而不知人之樂，人知從太守遊而樂，而不知太守之樂其樂也。（歐陽修〈醉翁亭記〉）

「禽鳥」、「人」、「太守」三者的高下是一般人的觀點。仍得屬於一種「階層」的秩序。

(四)時間的秩序

堯以是傳之舜，舜以是傳之禹，禹以是傳之湯，湯以是傳之文武周公，文武周公以是傳之孔子，孔子傳之孟軻。(韓愈〈原道〉)

這是述說史實的先後秩序。

(五)邏輯的秩序

邏輯性的秩序，其實也有多種之分。姑舉數例以見一斑。例如：

名不正則言不順，言不順則事不成，事不成則禮樂不興，禮樂不興則刑罰不中，刑罰不中則民無所措手足。(《論語・子路》)

這是屬於「條件關係」的邏輯秩序。

可與共學，未可與適道；可與適道，未可與立；可與立，未可與權。(《論語・子罕》)

這是屬於「或然關係」的邏輯秩序。

桀紂之失天下也，失其民也。失其民者，失其心也。(《孟子・離婁上》)

這是屬於「因果關係」的邏輯秩序。

乙、形式

前文說到：層遞格的第三要件是「依序述說」。這裏所謂「序」，主要意義是指材料自身的「秩序」；次要意義是指用來強調此一「秩序」的「文字形式」。所謂「文字形式」，一指「用詞」，二指「句法」。所謂「句法」，則指「銜疊」之法。——這全部就是層遞格的修辭形式。大約言之，講究的形式愈多者，是屬狹義的層遞格；反之則屬廣義的層遞格。以下分類舉例說明：

㈠只按材料秩序者

以瓦注者巧，以鉤注者憚，以黃金注者殙。（《莊子・達生》）

「瓦石」、「銀鉤」、「黃金」三物價值不同；「巧」、「憚」、「殙」三事程度亦不同。今按次第排列，其層遞意義自然呈現。再看一例：

疾在腠理，湯熨之所及也；在肌膚，鍼石之所及也；在腸胃，火齊之所及也；在骨髓，司命之所屬。（《韓非子・喻老》）

「腠理」、「肌膚」、「腸胃」、「骨髓」，人體四個部位，由淺而深。其治療之道亦有等級之分。依次述說，自見一種層遞之義。但有一種類似「依次述說」的文例，其材料自身實不具有「秩序性」的，例如：

世之所高，莫若黃帝。黃帝尚不能全德而戰涿鹿之野，流血百里。堯不慈、舜不孝、禹偏枯、湯放其主、武王伐紂、文王拘羑里。此六子者……。（《莊子・盜跖》）

此文旨在否定古聖先賢，不過借時代先後之便陳述而已，諸人的事跡內容並無「秩序性」之可言。所以不屬層遞修辭的例子。

㈡兼用層遞之詞者

太上不知有之，其次親而譽之，其次畏之，其次侮之。《老子・十七章》

上士聞道，勤而行之；中士聞道，若存若亡；下士聞道，大笑之。《老子・四十一章》

援琴而鼓，一奏之，有玄鶴二人，道南方來，集於郎門之垝；再奏之而列；三奏之，延頸而鳴。《韓非子・十過》

層遞用的連接詞實有多種，如上述所用的「太上」、「其次」、「上」、「中」、「下」、「一」、「再」、「三」等，不過是常見者而已。

㈢兼用銜疊句法者

不得於言，勿求於心；不得於心，勿求於氣。《孟子・公孫丑》

下文的句首，疊用上文的句尾，形成銜接不斷之勢，就是「銜疊」句法。此是標準的銜疊法。尚有一種倒裝的銜疊法，例如：

不得於心，勿求於氣，可；不得於言，勿求於心，不可。《孟子・公孫丑》

下二句與上二句，若予以倒置，就成為標準的銜疊法了。

上開三種層遞格的形式，若乘以正反兩個方向，便可以有六種類型之多。所謂「正反兩個方向」，即一般修辭學者所說的「前進」與「後退」兩種款式。各舉一例以見一斑：

人法地，地法天，天法道，道法自然。《老子・二十五章》

天命之謂性，率性之謂道，修道之謂教。《中庸．一章》

前例從「人」說到「天」，是「前進」的方向；後例從「天」說到「人」，是「後退」的方向。

物格而后知至，知至而后意誠，意誠而后心正，心正而后身修，身修而后家齊，家齊而后國治，國治而后天下平。《大學．經一章》

古之欲明明德於天下者，先治其國；欲治其國者，先齊其家；欲齊其家者，先修其身；欲修其身者，先正其心；欲正其心者，先誠其意；欲誠其意者，先致其知；致知在格物。《大學．經一章》

前例由「身心」到「家國」，是「前進」的方向；後例由「家國」到「身心」，是「後退」的方向。

結 語

狹義的層遞格，專指前述「兼用銜疊句法者」一式。本篇採用廣義的層遞格，所以共有三式之多。

層遞格的修辭形式，普遍有「排比句法」的傾向。原因之一是：此等材料本具有如此的先天性；原因之二是：作者樂於借助句法的排比性來強化上下文的連繫。但根據「層遞格」的定義而言，「排比句法」並非其必要條件也。

第八講 錯 綜

甲、抽換詞句
㈠換詞
㈡換句
乙、交蹉文序
㈠詞序
㈡句序
丙、伸縮文身
㈠伸長
1. 增字例
2. 增句例
㈡縮短
1. 減字例
2. 省文例

3. 互文例

丁、變化句式

戊、綜合運用

前言

自然之數，非奇即偶；自然之事，非異即同。修辭的形式，也有整齊與錯綜之分：前者求同，後者求異；前者講和諧，後者務突出。「排比」、「對偶」、「層遞」三種修辭格，彼此雖有小異，總是傾向和諧秩序的建立。唯「錯綜格」則反其道而行——專在畫一的秩序中，設計異數。

修辭藝術，本即語文形式的選擇——在實質意義不變的原則下，選擇某種形式，以造就某種語文效果。錯綜修辭的目的，就在調劑刻板的語文節奏，藉以活潑語文的生機。常見的技術有下列數種，分門別類說明之。

甲、抽換詞句

相同的意念，用相同的詞、句表示，是最自然的方式。而錯綜格則故意變換之，使先後詞、句不同。分別舉例：

㈠換詞

所謂天者誠難測，而神者誠難明矣。所謂理者不可推，而壽者不可知矣。（韓愈〈祭十二郎文〉）

這一段排比的文字中，「難測」、「難明」、「不可推」、「不可知」四個詞，取義實際相同。但為避免重複，乃一再抽換用詞，造成此一形式。再看一例：

漢用陳平計，間楚君臣。項羽疑范增與漢有私，稍奪其權。（蘇軾〈范增〉）

第三句「項羽」與「范增」，其實就是第二句「楚君臣」之所指。乍看似別人，原來只是「換詞」之法。

㈡換句

項氏之興也，以立楚懷王孫心；而諸侯之叛之也，以弒義帝。（蘇軾〈范增〉）

原文若改寫作：

項氏之興也，以立楚懷王孫心；而項氏之衰也，以弒楚懷王孫心。

旨意雖同；但上二句與下二句，句式相當，有刻板之嫌，故其修辭技巧不如原作。原作以「諸侯之叛之」取代「項氏之衰」；以「弒義帝」取代「弒楚懷王孫心」，便覺錯綜有致。這就是「換句」之法。再舉一例：

命與仁，夫子之所罕言也；性與天道，子貢之所未得聞也。（顧炎武〈與友人論學書〉）

既然夫子「罕言」，當然子貢就「未得聞」了。所以「夫子之所罕言」與「子貢之所未得聞」二句便屬於「換句」之法。

乙、交蹉文序

當同樣的語意必須重複出現時，為避免詞或句的重複，尚可就原詞或句的「文序」，加以變易，以造就錯綜的修辭效果。分別舉例：

(一)詞序

夫有易於內者，無難於外；於外無難，故名不出於其家。(《列子・仲尼》)

第三句「於外無難」，乃由上句「無難於外」交蹉詞序而得。

孰謂少者歿而長者存，強者夭而病者全乎？嗚呼！其信然耶？其夢耶？其傳之非其真耶？信也，吾兄之盛德而夭其嗣乎？汝之純明而不克蒙其澤乎？少者強者而夭歿，長者衰者而存全乎？(韓愈〈祭十二郎文〉)

末二句的詞序，是根據首二句離合而成的。

(二)句序

秦違蹇叔而以貪勤民，天奉我也。奉不可失，敵不可縱；縱敵患生，違天不祥。(《左傳・僖公三十三年》)

末二句：「敵」句在前，「天」句在後；而上文「奉不可失，敵不可縱」——則「敵」句原在「天」句之後。是為「句序交蹉」之例。再舉一例：

人之有母，如樹有根；人之有婦，如車有輪。車破更造，必得其新；婦死更娶，必得賢家。一樹死，百枝枯；一母死，眾子孤。（《敦煌變文・孔子項託相問書》）

前四句順序為：「母」、「樹」、「婦」、「車」；下文乃反其序而行：「車」、「婦」、「樹」、「母」。

丙、伸縮文身

語意實質不變，但增減字句，使文身或伸長、或縮短，也能造成錯綜效果。分別舉例：

㈠伸長

或增字伸長，或增句伸長：

1. 增字例：

我徂東山，慆慆不歸；我來自東，零雨其濛。倉庚于飛，熠燿其羽。之子于歸，皇駁其馬。親結其縭，九十其儀。其新孔佳，其舊如之何？（《詩經・豳風・東山》）

〈東山〉詩全篇為整齊四字句，唯末句增字為五。

聞古之人有舜者，其為人也，仁義人也。求其所以為舜者，責於己曰：「彼人也，予

人也；彼能是，而我乃不能是。」（韓愈〈原毀〉）

「責於己曰」以下，原為整齊三字句；末句增字為六，錯綜以調劑節奏也。

2. 增句例：

若夫商財賄之有亡，計班資之崇庳；忘己量之所稱，指前人之瑕疵。是所謂詰匠氏之不以杙為楹，而訾醫師以昌陽引年，欲進其豨苓也。（韓愈〈進學解〉）

前四句一組排比，第五、六句一組排比；第七句孤立成錯綜之勢，而有調劑全文節奏之功能。

再看一例：

非仕有力者不可以遊，非材有文者縱遊無所得，非壯強者多老死其地。——嗜奇之士恨焉。（宋濂〈送天臺陳庭學序〉）

前三句排比，末句孤立成錯綜之勢。

㈡縮短

包括「減字」、「省文」、「互文」三種技術：

1. 減字例：

孟子對曰：「殺人以梃與刃，有以異乎？」曰：「無以異也。」「以刃與政，有以異乎？」曰：「無以異也。」（《孟子・梁惠王》）

「以刃與政」一句，乃是「殺人以刃與政」一句之節縮。蓋承上文「殺人以梃與刃」一句而減字。再舉一例：

匹夫而為百世師，一言而為天下法。是皆有以參天地之化，關盛衰之運。……此豈非參天地、關盛衰、浩然而獨存者乎？（蘇軾〈潮州韓文公廟碑〉）

下文「參天地」、「關盛衰」二句，乃是承上文「參天地之化」、「關盛衰之運」二句減縮而得。

2.省文例：

梁惠王曰：「寡人之於國也，盡心焉耳矣。河內凶，則移其民於河東，移其粟於河內；河東凶，亦然。」（《孟子・梁惠王》）

「河東凶」與「河內凶」，情況正相反。若不厭其詳，所造之句必成對稱的排列。今用「亦然」二字，省去了對稱的重出，自然造成錯綜的形式。再舉一例：

善問者如攻堅木：先其易者，後其節目。及其久也，相悅以解。不善問者反此。善待問者如撞鐘：叩之以小者，則小鳴；叩之以大者，則大鳴。待其從容，然後盡其聲。不善問者反此。（《禮記・學記》）

文中兩處「反此」，都免去了對稱的重出，而形成錯綜之勢。

3.互文例：

子曰：「君子謀道不謀食。耕也，餒在其中矣；學也，祿在其中矣。」（《論語・衛靈公》）

「耕也餒在其中，學也祿在其中」二句實包「耕也餒在其中，祿亦在其中；學也祿在其中，餒亦在其中」四句之義。上下文雖各削去一句（文義相對者），語意仍得以交錯而互見也。再看一例：

且天下理無常是，事無常非。先日所用，今或棄之；今之所棄，後或用之。（《列子‧說符》）

上二句「先日所用，今或棄之」，實兼「先日所棄，今或用之」二句之義。下二句「今之所棄，後或用之」，實兼「今之所用，後或棄之」二句之義。皆交錯互見之法。

丁、變化句式

上下文原可用相同的句型表達，但為了錯綜之修辭目的，乃變異下文的句法。例如：

是故以之為己，則順而祥；以之為人，則愛而公；以之為心，則和而平；以之為天下國家，則無所處而不當。（韓愈〈原道〉）

四個排比的語法中，「順而祥」、「愛而公」、「和而平」，都是同一句型；唯末句「無所處而不當」變了形式。

蓋先生之心，出乎日月之上；光武之量，包乎天地之外。微先生，不能成光武之大；微光武，豈能遂先生之高哉？（范仲淹〈嚴先生祠堂記〉）

「不能成光武之大」，與「豈能遂先生之高」：一作否定句型，一作疑問句型。二者原可採用相同形式的。

戊、綜合運用

修辭技術本來就有數法並用的例子。分類論述，不過取其方便明白而已。屬於前述諸法之綜合運用者，例如：

薄午，有人自蜈蚣坡來，云一老人死坡下，旁兩人哭之哀。予曰：「此必吏目死矣，傷哉！」薄暮，復有人來，云坡下死者二人，傍一人坐哭。詢其狀，則其子又死矣。明日復有人來，云見坡下積尸三焉。則其僕又死矣。嗚呼，傷哉！（王守仁〈瘞旅文〉）

「一老人死坡下」，與「坡下死者二人」，屬於「交蹉文序」之例。而「坡下死者二人」之於「坡下積尸三焉」，則屬「換詞」之例。再如：

凡人生莫不有兩世界：其在空間者，曰實跡界、曰理想界；其在時間者，曰現在界、曰未來界。實跡與現在，屬於行當；理想與未來，屬於希望。而現在所行之實跡，即為前此所懷理想之發表；而現在所懷之理想，又為將來所行實跡之券符。然則實跡者，理想之子孫；未來者，現在之父母也。（梁啟超〈論進取冒險〉）

末二句的意思也可改寫作：

實跡者，理想之子孫；現在者，未來之子孫。

兩相比較：原文末句作「未來者，現在之父母」，對其上文「實跡者，理想之子孫」而言，是「交蹉文序」之例。又「理想」與「未來」同屬於「希望」，而「實跡」與「現在」同屬於「行當」；則原文末二句的搭配，實屬「換詞」之例。

結語

寫作文章並不必然依循修辭格而進行，所以不易歸類的修辭技巧，時時可見。例如：

巡曰：「吾於書，讀不過三徧，終身不忘也。」因誦嵩所讀書，盡卷，不錯一字。嵩驚，以為巡偶熟此卷。因亂抽他帙以試，無不盡然。嵩又取架上諸書，試以問巡，巡應口誦無疑。（韓愈〈張中丞傳後敘〉）

「不錯一字」、「無不盡然」、「應口誦無疑」，三句同義，而表達之形式不一，算是錯綜格。但究竟是「換詞」之例？或是「變化句式」之例？就很難論斷。

本篇分四大類論述「錯綜格」，與一般修辭學者大同小異。唯因類中細目有出於一己之見者，為配合實際需要，故分類名稱不盡沿用舊書云。

第九講 倒 反

甲、用途

㈠褒貶

㈡狎謔

㈢極言

㈣謙抑

乙、方法

㈠簡易倒反

㈡加重倒反

㈢轉移倒反

1. 轉移主語

2. 轉移謂語

3. 轉移立場

丙、線索

㈠上下文義

㈡邏輯關係

㈢語氣

前言

言語所以傳達事象。不合事實真象的言語，稱為「謊言」。「倒反」云者，顧名思義，就是與事象相反的言語；但它並不等於「謊言」。二者主要區別在說話者之動機及其表現之方式。說謊之目的在隱藏事象；「倒反」則只是迂迴、間接地傳達事象，而沒有隱藏事實之動機。所謂「言在此而意在彼」是也。故其表現之方法是：既要倒反事象而言之，又須設法避免聽者之誤解，才能不使「倒反」變成「謊言」。這就是二者之分際。下文分別從「倒反格」之用途及方法等方面論述之。

甲、用途

「倒反」的用途有下述四種：「褒貶」、「狎謔」、「極言」、「謙抑」。分別舉例說明之：

例如：

㈠褒貶

倒反格，多數時機用在對人、事的褒與貶。欲褒故貶，或欲貶故褒，就是倒反格的藝術。

子之武城，聞弦歌之聲。夫子莞爾而笑曰：「割雞焉用牛刀？」《論語・陽貨》

做一個譬喻「割雞焉用牛刀」，似貶而實褒。再如《列子・湯問》所載〈愚公移山〉故事中，所稱「愚公」與「智叟」二名，實際也是一種倒反褒貶的例子。

㈡狎謔

直言無文，謔言狎語則能添趣。倒反格正有此一功能。例如：

我早上拿了錢來，你那該死行瘟的兄弟還不肯。我說：「姑老爺今非昔比，少不得有人把銀子送上門去給他用。只怕姑老爺還不希罕哩。」《儒林外史・第三回》

文中「兄弟」乃是說話者自己的一個兒子。「該死行瘟」是「狎謔」之語，不能從正面去解。

㈢極言

物極而反。為表示一種極端的程度，日常用語不足使用，乃發展出「倒反」的修辭技術來。例如：

三房裏曾託我說媒，我替他講西鄉裏封大戶家，好不有錢。張家硬主張著許與方才這窮不了的小魏相公。《儒林外史・第四回》

文中「好不有錢」是「極有錢」之倒反；「窮不了」是「極窮」之倒反。

(四)**謙抑**

自抑為謙。例如：

孟之反不伐。奔而殿，將入門，策其馬曰：「非敢後也，馬不進也。」《論語・雍也》

這是為表謙抑而倒反事實之語。

乙、方法

實現「倒反」修辭目的之方法有下述三種，分別舉例說明之：

(一)**簡易倒反**

據事實而加以否定以陳述之，是簡單而典型的倒反：

你新學會潑辣不要面子，我還想做人，倒要面子的。我走了，你老師來了再學點新的本領。你真是個好學生，學會了就用。（錢鍾書〈圍城〉）

事實是「壞學生」，加以否定即成「好學生」。

(二)**加重倒反**

加深倒反的程度，以迫使「倒反」之義更見突顯。例如：

楚莊王之時，有所愛馬，衣以文繡，置之華屋之下，席以露牀，啗以棗脯。馬病肥死，使群臣喪之，欲以棺槨大夫禮葬之。……優孟聞之，入殿門，仰天大哭。王驚而問其故，優孟曰：「馬者，王之所愛也。以楚國堂堂之大，何求不得？而以大夫禮葬之，薄！請以人君禮葬之。」（《史記・滑稽列傳》）

文中「優孟」不只是以「贊成」為「反對」而已，又嫌楚王做得不夠好（壞）。這是加重倒反的技巧。

㈢轉移倒反

「謂語」是用以陳說「主語」的。說話者轉移話中之「主語」或「謂語」，亦可達成「倒反」的目的。分別舉例說明之：

1. 轉移主語：

優旃者，秦倡侏儒也。善為言笑，然合於大道。秦始皇時，置酒而天雨，陛楯者皆沾寒。優旃見而哀之……。居有頃，殿上上壽呼萬歲。優旃大呼曰：「陛楯郎！」郎曰：「諾！」優旃曰：「汝雖長，何益？幸雨立。我雖短也，幸休居。」於是始皇使陛楯者得半相代。（《史記・滑稽列傳》）

文中優旃譏刺的對象是「陛楯郎」。但因陛楯郎所受的待遇，乃是秦始皇的律令，其間具有因果的關係。所以優旃譏刺的實際對象乃是「秦始皇」。像這樣藉著某種關係而轉移說話的對象，以達成「倒反」目的之修辭技巧，即俗稱「指桑罵槐」之藝術。

2. 轉移謂語：

外國人保留的蠻性要比我們多一些，也許是因為他們去古未遠的緣故。（梁實秋〈運動〉）

外國人「蠻性多些」、「去古未遠」，所以「運動神經較發達」。這當中有因果關係：前者是因，後者是果。作者實意在「果」，而所言在「因」。正好這「因」與「果」在表面所顯現的是一貶、一褒，於是便造就了「倒反」的修辭藝術。

3.轉移立場：

故國神遊，多情應笑我，早生華髮。（蘇軾〈念奴嬌〉）

獨笑書生爭底事？曹公黃祖俱飄忽。（蘇軾〈滿江紅〉）

「應笑」、「獨笑」，都是站在俗人的立場說，非作者本意。

丙、線索

「倒反」與「說謊」相似，實際則是一種迂迴的表意手段。所以使用倒反格的人，有責任防範讀者的誤解。在原理上，作者必須留置相當的線索給讀者；讀者就憑此線索來調整自己的認知角度。至於線索的設計，可謂運用之妙存乎一心。試舉數端以見一斑：

㈠上下文義

百五大呼曰：「洪公受國厚恩，殉節久矣。爾何人斯，欲陷我於不義乎？」乃揪洪衣

襟，大批其類。洪笑曰：「鐘鼎山林，各有天性，不可強也。」（錢泳〈沈百五〉）

由「洪承疇」的反應，可以知「沈百五」的話是故意倒反事實來講的，而非由情報錯誤所致。這就是從上下文義的發展來認定作者的「倒反修辭」之藝術。

㈡邏輯關係

由於這種錯誤觀念所引起的後果，使文人與窮人合而為一，甚至「文丐」這一名詞，也成了作家啼笑皆非的「雅號」。（趙友培〈「詩窮而後工」新釋〉）

既是「啼笑皆非」，就不算「雅號」。所以文中的「雅號」當屬倒反之語。

㈢語氣

語氣如同表情，有助於意念的傳達。聽人說話而不看表情，正如讀人文章而不察語氣，必生誤會。例如：

晉侯秦伯圍鄭，以其無禮於晉，且貳於楚也。晉軍函陵，秦軍氾南。佚之狐言於鄭伯曰：「國危矣！若使燭之武見秦君，師必退。」公從之。辭曰：「臣之壯也，猶不如人；今老矣，無能為也已。」……（《左傳•僖公三十年》）

「燭之武」的「無能為也」，是負氣使性的話。如果鄭伯不解倒反語氣之理，這場兵禍也許不得幸免了。

結語

「仿諷」是仿擬格的一種，藉仿擬技術以達諷刺之目的。「反諷」是倒反格的一種，藉倒反技術以達諷刺之目的。前文所舉各例，凡是目的在於「褒貶」的，即是一般所謂的「反諷」。反諷與仿諷，目的相同，方法不同。論其修辭效果，則都具幽默、含蓄之趣致。

「挖苦」是反諷的一種——在倒反之餘，順勢發展出使人更難堪的言語。例如：

始皇議欲大苑囿，東至函谷，西至雍、陳倉。優旃曰：「善！多縱禽獸於其中，寇從東方來，令麋鹿觸之足矣。」（《史記・滑稽列傳》）

「優旃曰善」，已是倒反之諷語。下文順勢發揮的，更是挖苦人的話了。

第十講 雙 關

甲、字音媒介
(一)一音二字
(二)一字二義
乙、詞義媒介
(一)引申之法
(二)借用之法
丙、語義媒介

前 言

一語二義，謂之雙關。其方式是以一組文字表出一層意義，再經讀者的聯想，引發第二層意義。通常作者是將主要旨意安置在第二層，所以第一層便只是傳達主旨的線索而已。

任何一種「關係」都是可能引發聯想活動的媒介。語文的聯想活動，有三種媒介可資憑藉：一是「字音」，二是「詞義」，三是「語義」。據此，雙關修辭法也就分為三類。下文分別說明之。

甲、字音媒介

語文之中不乏同音之字。所以藉「字音」為媒介而引發聯想之活動，就可能造就「雙關」的修辭技術。一個音所引起的聯想，也許是兩個字，也許是兩個義，分別舉例：

(一)一音二字

別後常相思，頓書千丈闕，題碑無罷時。《樂府詩集・華山畿》

由「題」聯想到「啼」字，或由「碑」聯想到「悲」字，就是「一音二字」的聯想。「題碑」二字的同音字，當然不只兩個。之所以認定「啼悲」為其雙關之字者，實另有所據。那就是據「上下文義」（包括文法結構）而來。原來「上下文義」自有一種「限制」作用。當一個字音引發諸多同音字之聯想時，其中不能合乎「上下文義」之要求的字，即被淘汰；所餘之字才成為雙關的對象。由此可知：「媒介」只是引發聯想的條件；但聯想活動原是十分自由的，若無限制聯想的條件來配合，一個作品的雙關意義將無法確立。而此一「限制條件」，通常就是指「上下文義」。再舉一例：

青荷蓋淥水，芙蓉葩紅鮮。郎見欲採我，我心欲懷蓮。《樂府詩集・子夜夏歌》

「蓮」雙關「憐」字。引發聯想的條件是「蓮」字的讀音。同此讀音之字當然不只一個。其所以認定「憐」字者，因為它合乎「上下文義」的需求。這就是「字音媒介」的雙關法。

㈡一字二義

所謂「雙關二義」，這「二義」固可以分屬兩個字，但也可能公用一個字。所以「字音媒介」的雙關法，除「一音二字」之外，又有「一字二義」之例。例如：

車走後
連土地都忘了
在那裏上下車
整條鐵軌
鞭過天空
聲聲迴響
陣陣痛（羅門〈時空奏鳴曲〉）

末句「陣陣痛」實有二層意義：表面一層是「狀聲」之義——模擬火車輾過鐵軌的迴響；裏面一層是這三個字的常用字義——陣陣的心痛。兩層意義，公用一種文字，且以「字音」為關顧的媒介。所以也是「字音媒介」的雙關法之一。因與前述「一音二字」之法稍異，特名為「一字二義」。

乙、詞義媒介

「一詞多義」也是語文中必有的現象。所以，詞是同一個，聯想所得的意義卻有多個。此時「上下文義」仍是裁決的另一條件：如果上下文的發展，容許該詞同時成立兩種意義，這個雙關格就形成了。此即以「詞義」為媒介的雙關技巧。因為文字的使用，向有「引申」與「借用」二途，所以本雙關技巧也有兩種款式之分。舉例說明如下：

(一)引申之法

竹本無心，外面自生枝節。《輟耕錄・卷二八》

「枝節」一詞可以指「竹子所生的枝節」，也可以指「人情所生的枝節」。配合上文「無心」之義來看，又皆可通。於是成為「一語雙關」之例。因為後一義可以說是由前一義引申而來的，所以這種雙關法屬於「引申」之法。

(二)借用之法

余笑曰：「異哉！李太白是知己，白樂天是啟蒙師，余適字三白，為卿壻；卿與白字何其有緣耶？」芸笑曰：「白字有緣，將來恐白字連篇耳。」《浮生六記・閨房記樂》

此處「白字」有二義：一是指「錯別字」，一是指「人名」——後者屬於「借用之義」。所以這個雙關法是因「借用」而造就的。

丙、語義媒介

凡是一個語句，或一段文章，可以同時解出兩種以上的含意時，就算是一種雙關修辭。這可以說是一種廣義的雙關格。例如：

煮豆燃豆萁，豆在釜中泣；本是同根生，相煎何太急？（曹植〈七步詩〉）

表層意義是寫「豆萁」，裏層意義是說「兄弟」。所以是個雙關修辭。又因為它的雙關義是由全文來表現，而非藉由一二字，所以是屬「語義媒介」之法。

此外如：

欲窮千里目，更上一層樓。（王之渙〈登鸛雀樓〉）

野火燒不盡，春風吹又生。（白居易〈賦得古原草送別〉）

可以作雙關解釋的章句，不勝枚舉。但是這一種雙關法，與譬喻格中的「借喻法」，關係極其密切，不易絕對區分。舉一例說：

勸君莫惜金縷衣，勸君惜取少年時。花開堪折直須折，莫待無花空折枝。（杜秋娘〈金縷衣〉）

若單獨看後二句，確實可以視為「一語雙關」的例子。但因前文原是寫「惜少年」，下文一轉而為「惜花」。讀者被迫據上文解下文，於是後二句就成為「借喻」之例，而喪失「一語雙關」的資格。易言之，它的文旨是在「惜少年」，不在「惜花」。這就是它與「雙關格」不同之所在。因為「雙關格」中的表裏二義是可以同時成立的。換一個例子看：

泠泠七弦上，靜聽松風寒。古調雖自愛，今人多不彈。（劉長卿〈聽彈琴〉）

全文上下只寫「彈琴」一事，正如其標題之所示。讀者在理解字句之餘，另可以揣測它的弦外之音，而形成表裏二層意義。所以它應可歸屬於「雙關修辭」之例。

結語

「言之者無罪，聞之者足戒」一語所指，正好是雙關格的本領。所以能言之無罪者，乃是由於其主要旨意隱藏在文字之裏層，而文字表層又不見充足證據也。前文說到，成立一個雙關格，需要具備「引發聯想」及「限制聯想」兩個條件。由這兩個條件的交互作用來確定作品裏層的含意。其實這裏所說的「確定」並不具嚴格的意義。所謂「一語雙關」，也不過是在讀者單方面的揣測下成立；作者並未提供確然的證據。而且文學畢竟不是科學，藝術的興味每每就在疑似之間造就的。雙關格先天地具有此等「或然性」，而文字因形、音、義的關係而起聯想又是十分的自由。所以身為作者，不但要積極地創造雙關藝術，還須消極地防範意外雙關的形成。

一語二義，豐富了語文之內涵；一顯一隱，造就了含蓄之趣致，也活潑了讀者之心靈。而那種乍識弦外之音的驚喜，更非等閒言語所能取代。所以雙關格未必只是遊戲筆墨的技倆而已。

第十一講 借代

甲、類屬法
㈠升級
㈡降級
㈢同級
乙、屬性法
㈠泛稱
㈡專稱
丙、簡化法
㈠專名
㈡文法
㈢譬喻

前　言

對事物的稱述，捨常名而就殊號，以成特定效果的修辭方法，叫做「借代」。例如：

薄治筐篚，遣使犒師。（史可法〈復多爾袞書〉）

這裏借「筐篚」以代「禮物」，具有含蓄、典雅等效果。又如：

紅顏棄軒冕，白首臥松雲。（李白〈贈孟浩然〉）

這裏分別借「紅顏」、「白首」以代「少年」與「老年」，具有鮮明、新穎之效。

此外，為表尊敬、表親暱、表忌諱，甚至為了方便之故，而變更一般稱呼，代以特別名號者，都是「借代格」之運用。故「借代格」之用途，相當廣泛。下文從它的技術層面，分類論述。

甲、類屬法

根據「借」與「被借」雙方的類屬關係而發生的借代，稱為「類屬法」。所謂「類屬關係」者，例如草、木屬於植物類；鳥、獸屬於動物類。而植物、動物又屬於生物類。如此層層相屬的關係，就是「類屬」的關係。相屬的雙方，可以說就是大類與小類的關係。例如說

「植物」是大類，則所屬的「草」、「木」，便是小類。在借代的活動中，以大代小，稱為「升級借代」；反之，稱為「降級借代」。至於借代之雙方，屬於同一等級的，就稱「同級借代」。分別舉例：

㈠升級

先軫朝，問秦囚。公曰：「夫人請之，吾舍之矣。」先軫怒曰：「武夫力而拘諸原，婦人暫而免諸國；墮軍實而長寇讎，亡無日矣。」不顧而唾。（《左傳・僖公三十三年》）

文中借「婦人」以代「夫人」。「婦人」是大類，「夫人」是小類。以大代小，是為「升級借代」。

㈡降級

嗚呼！霍子孟之不作，朱虛侯之已亡。（駱賓王〈為徐敬業討武曌檄〉）

「霍子孟」、「朱虛侯」是「忠義之臣」的代稱。前者是小類，後者是大類。以小代大，是為「降級借代」。

㈢同級

徧索綠珠圍內第，強呼絳樹出雕闌。（吳偉業〈圓圓曲〉）

文中「綠珠」、「絳樹」均是「陳圓圓」之代稱。前者為古代美人，後者為當代美人。在「類屬」關係上，雙方本無大類、小類之分，是為「同級借代」。

乙、屬性法

原用以述說事物之屬性者，今借為該事物之代稱，是謂「屬性借代法」。此法用處甚廣，本篇只根據其所稱呼之對象是「集體的」，或是「個別的」，而將它分成「泛稱」與「專稱」二款。分別舉例：

㈠泛稱

其中往來種作，男女衣著，悉如外人；黃髮、垂髫並怡然自樂。〈陶潛〈桃花源記〉〉

「黃髮」是「老人」的屬性，即借以泛稱「老人」。「垂髫」是「兒童」的屬性，即借以泛稱「兒童」。

菊，花之隱逸者也；牡丹，花之富貴者也；蓮，花之君子者也。〈周敦頤〈愛蓮說〉〉

「君子之花」乃「蓮花」之泛稱。其因緣，實起自周敦頤的陳述。

臨睡前
年青人拿出007裏的建築圖
看看明天
用電腦算算明天〈羅門〈時空奏鳴曲〉〉

借「007」以泛稱一種特定型體的「手提箱」。原因是這型手提箱首先出現在電影「007

情報員」之中。

上述三個「泛稱」之例，都屬於「屬性借代」之法。考察其借代發生之緣由，雖大同而有小異，茲不細論。

㈡專稱

淑妃王氏，邠州餅家子也。有美色，號花見羞。《新五代史・唐明宗家人傳》

「花見羞」原以述說人物的容貌，今借為該人物之「專稱」，所以也是「屬性借代」之法。

吾家藏書一萬卷，集錄三代以來金石遺文一千卷，有琴一張，有碁一局，而常置酒一壺。以吾一老翁，老於此五物之間，是豈不為六一乎？（歐陽修〈六一居士傳〉）

「六一居士」是「歐陽修」的代號。上文自述了其間借代之由來——屬於一種廣義的「屬性借代」。

有客謂子野曰：「人皆謂公張三中，即心中事、眼中淚、意中人也。」公曰：「何不目之為張三影？」客不曉。公曰：「雲破月來花弄影；嬌柔嬾起，簾壓捲花影；柳徑無人，墮飛絮無影。」皆公得意句也。《古今詩話》

「張三影」代稱「張先」。上文所述說者，又是另一種廣義的「屬性借代」。

丙、簡化法

對事物的稱述，簡化之而成為該事物之代號，即為「簡化借代法」。簡化稱述，常見的有三種時機，分別舉例說明：

(一)專名

專有名詞如人名、書名等，以其名稱較長，引述不便，即加以簡化，而成為原名之代表者。例如：

研生之學，稽說文以究達詁，箋禹貢以晰地志，固亦深明考據家之說。（曾國藩〈湖南文徵序〉）

以「說文」代稱「說文解字」：前者乃是從後者簡化而得的。

才懷隋和，行若由夷。（司馬遷〈報任少卿書〉）

以「隋和」二字代稱「隋侯珠」與「和氏璧」：前者也是從後者簡化而來的。

(二)文法

一個詞組包含一個乙級詞（形容詞）和一個甲級詞（名詞）。有時省略其甲級詞，而詞義不減，即可視為原詞組之借代者。例如：

紆青拖紫，服冕乘軒。（《晉書・儒林傳序》）

漢制：公侯紫綬，九卿青綬。故「青綬」、「紫綬」意指地位顯貴。上文「青」、「紫」二字即由「青綬」、「紫綬」兩個詞組簡化而得。因為詞義未變，故得視同原詞之代表。再如：

高祖常披堅執銳，為士卒先。每戰輒摧鋒陷陣。（《宋書・武帝紀》）

「堅」、「銳」二字乃「堅甲」、「銳兵」二詞之簡化，同時也成為代稱。這就是文法簡化的借代法。

㈢譬喻

白露橫江，水光接天。縱一葦之所如，凌萬頃之茫然。（蘇軾〈赤壁賦〉）

「小舟如葦」：「如」是喻詞，「葦」是喻依，「小舟」是喻體。當喻體及喻詞一同略去，只留喻依時，這喻依就成為該喻體的代稱了。上文「葦」字就是「小舟」的借代者。再如：

備聞公將去，如失左右手。雖龍肝鳳髓，亦不甘味。（《三國演義・第三十六回》）

「龍肝」、「鳳髓」原是譬喻「珍餚」。但在實際使用時，因為喻體及喻詞均被略去，結果成為「珍餚」的代稱。

將喻體及喻詞略去而只留喻依的例子，在譬喻格中，屬於「借喻」之法。像這種既可以置諸「借喻格」，也可以置諸「借代格」的實例，正顯示了修辭格相互之間實際存在的關連性。

結語

「借代格」是屬於「名號替代」的一種修辭技術。若專就「替代」一義而論，那麼近乎半數的修辭格，都可算是「借代」之法了。因為「替代」之義，就是迂迴、間接表達的意思。語言、文字是表意的工具。正面而直接的表達，乃是原始的語文活動。當人們開始了語文藝術的考究時，其表意的方式便有了種種的試探及選擇。而「間接」、「替代」等表意方式便成為修辭學中很普遍的一個觀念。諸如「譬喻」、「轉化」、「引用」、「倒反」、「雙關」、「映襯」、「仿擬」、「象徵」等修辭格的修辭原理，都含有「替代」的意味，因此都可以納歸為一大範疇也。

第十二講 引 用

甲、取義
㈠本義
㈡引申
㈢假借
㈣變造

乙、語型
㈠原型
㈡歇後
㈢摘取
㈣拆合

丙、功能
㈠言簡意賅
㈡美化語言

(三)豐富內涵
(四)增添趣味
(五)建立權威
(六)供給佐證
(七)製作譬喻

前言

前人的言辭與事故，在適當的場合裏被提示，可以豐富人們的思想內涵。屬於言辭的部分，稱為成語；屬於事故的部分，稱為典故。這是典故與成語的大概分別。例如：

敗軍之將不可言勇。（史可法〈復多爾袞書〉）

此語最早見於《史記・淮陰侯列傳》：

臣聞敗軍之將不可以言勇。

如此引用前人言辭之例，是謂成語。再如：

凭誰問：「廉頗老矣，尚能飯否？」（辛棄疾〈永遇樂〉）

此事最早見於《史記・廉頗藺相如列傳》：

趙史者既見廉頗，廉頗為之一飯斗米，肉十斤，披甲上馬，以示尚可用。

如此引用前人故事之例，是謂典故。但是一個成語同時也是一個典故的例子，其實很多。例如：

為此晚生不揣鄙陋，竟學那毛遂自薦。倘大人看我可為公子之師，情願附驥。《兒女英雄傳‧第十八回》

文中「毛遂自薦」如今是個成語，而它同時也有個典故：

門下有毛遂者，前自贊於平原君曰：「遂聞君將合從於楚，約與食客門下二十人偕，不外索。今少一人，願君即以遂備員而行矣。」《史記‧平原君虞卿列傳》

「引用格」就是引用成語或典故的修辭技術。下文分別就其取義之法、語型之變化、修辭之功能而論述之。

甲、取 義

典故往往有其原始含意。但引用之者，或取引申之義，或取假借之義，甚或變造故事以創新用途者。正如古人造字，雖有本義，而後人用之，則或引申，或假借，不限一格。分別舉例說明之：

(一)本義

開國稱孤，朱輪華轂，擁旄萬里。（丘遲〈與陳伯之書〉）

「朱輪華轂」一語原見於《史記・張耳陳餘列傳》：

令范陽令乘朱輪華轂，使馳驅燕趙郊。

先後取義都是指：顯貴者所乘之華車。這就是引用成語而取「本義」之例。再如：

合方州物力，破釜沈舟，尚虞無救。（史可法〈請頒討賊詔書疏〉）

「破釜沈舟」一語取「抱必死之心，一去不返」之義。事出《史記・項羽本紀》：

項羽乃悉引兵渡河，皆沈船、破釜甑、燒廬舍、持三日糧，以示士卒：必死，無一還心。

先後旨意並無二致。所以仍屬取用本義之例。

㈡引申

天網恢恢，疏而不失，隨時進退，應政得失。（《後漢書・郎顗襄楷列傳》）

「天網恢恢，疏而不失」語出《老子》。本義是「天道廣大，無所不包」，引申為「法網雖寬，無所疏漏」。又如：

他的意志過於集中，忘記旁邊還有別人。換言之，便是旁若無人的態度。（梁實秋〈旁若無人〉）

「旁若無人」一語見於《晉書・王猛傳》：

捫蝨而談，旁若無人。

本義是「蔑視在旁之人」。前文解作「忘記旁邊還有別人」，乃是引申所得。

他如「守株待兔」一語，由「拘泥不知變通」之義，變成「妄想不勞而獲」一義，也都因為語意相近而轉用，是謂「引申」。

㈢假借

原始意義與使用之義，因相近而通用者，是屬於「引申」的關係。若意義相遠而仍通用時，便屬於「假借」的關係。例如：

魯小姐卸了濃妝，換幾件雅淡衣服。蘧公孫舉眼細看，真有沈魚落雁之容、閉月羞花之貌。（《儒林外史．第十回》）

「沈魚落雁」語出《莊子．齊物論》：

毛嬙、麗姬，人之所美也。魚見之深入，鳥見之高飛，麋鹿見之決驟。四者孰知天下之正色哉？

其原始意義是「天下無正色（即無客觀的美）」。但前文引用，乃用作「美貌」之形容詞。先後二義相遠而通用，是為「假借」之例。

此外，如「前無古人」一語出自陳子昂〈登幽州臺詩〉：

前不見古人，後不見來者。

其原始意義是「古人已遠」；今則多取為「成就空前」之義。又「升堂入室」一語出自《論語．先進》：

由也升堂矣，未入於室也。

其原始意義是「學藝造詣之高深」，如今亦有取為「至友進出家門不拘」之義者。從文字表面看，此等取義並無不通之處；但究竟與原始用義大相逕庭。本篇稱此為「假借」之例。

㈣變造

利用故事之局部意義，編造新語、表現新義的技術，稱為「變造」。例如：

若夫彼操鷸蚌之二矛，我睡漁人之一枕，失今不圖，後將有不及圖者。（史可法〈請進取疏〉）

這是利用「鷸蚌相爭，漁人得利」之語，變造而成。故事源自《戰國策・燕策》；而命意已越出原典之外。再如：

俗語云：「只許州官放火，不許百姓點燈。」偶閱《老學庵筆記》云云，乃知俗語有自來也。（錢大昕〈恆言錄〉）

查陸游《老學庵筆記五》：

田登作郡，自諱其名，舉州皆謂燈為火。上元放燈，吏人遂書榜揭於市曰：「本州依例放火三日。」

前後相較，可見「只許州官放火，不許百姓點燈」，乃是變造出來的成語。

乙、語 型

「成語」是指既成的辭語。所以凡是他人所已言者均屬之——這是廣義的。至於狹義的成語，則通指流行較廣的短語——包括古語、諺語等。因此，在引用之際，對於廣義的成語，常需附註出處，以備查考。至於狹義的成語，因流行既廣，已成普通言語，就不煩加註了。

引用廣義的成語，因配合行文之不同需要，在方式上乃有「全引」及「略引」之分。一般修辭學者已有論述，茲不重複。至於引用狹義的成語，在型態上尚有多種變化，下文將依次說明之。

㈠原型

太宗知人善任，從諫如流。（《隋唐演義・第十五回》）

「從諫如流」一語出自韓愈〈爭臣論〉：

使四方後代知朝廷有直言骨鯁之臣，天子有不僭賞從諫如流之美。

引用他人言辭而保存其原始語型，乃是正規的方式。為例甚多，不煩枚舉。

㈡歇後

人雖草木，必不謝芳華於雨露之秋；水近樓臺，益當効涓滴於高深之世。（袁枚〈上尹制府乞病啟〉）

「水近樓臺」一語見於宋．俞文豹〈清夜錄〉：

宋范仲淹鎮錢塘，兵官皆獲薦書，獨蘇麟適外任巡檢，未得與，乃獻詩曰：「近水樓臺先得月，向陽花木易為春。」

原文全句是「近水樓臺先得月」，今只引用其前半句，餘句留予讀者自行補完。此種修辭技巧，稱為「歇後」。他如：

寧為雞口，無為牛後。《戰國策．韓策》

強弩之末，不能穿魯縞。《史記．韓長孺列傳》

似此為人所熟知的成語，若只引用其前句而藏其後句（如稱「強弩之末」等），也就是「歇後」技巧之運用了。

「歇後」原本用在「譬解語」。例如俗話說：

狗咬呂洞賓——不識好人心。

上句是「譬語」，下句是「解語」。運用之時，只出「譬語」而藏其「解語」，就成「歇後」之例。原理相同。

㈢摘取

從舊語中摘取一、二字，別造新語；而舊語原意不減，反能突顯此中要旨之所在者，例如：

朱鮪涉血於友于，張繡剚刃於愛子。（丘遲〈與陳伯之書〉）

「友于」二字取自《論語・為政》：

書云：「孝乎惟孝，友于兄弟。」

前文只摘取「友于」二字，而「兄弟」之義仍在，惟更突顯了「友愛」之要旨。再如：

余懼蹈莊子不解不靈之譏，則取足於是，終身焉已耳。（曾國藩〈聖哲畫像記〉）

「不解不靈」四字取自《莊子・天地》：

知其愚者，非大愚也；知其惑者，非大惑也。大惑者，終身不解；大愚者，終身不靈。

前文只摘取「不解不靈」四字，然而實含「大惑大愚」之義在其中。

(四)拆合

離合舊語，組成新語，也是「引用」技巧之一種。例如：

方鑿圓枘，其可入乎？（孔穎達〈春秋正義序〉）

「方鑿圓枘」之語，見於《史記・孟子荀卿列傳》作：

持方枘欲內圜鑿，其能入乎？

又見於《楚辭・九辯》作：

圜鑿而方枘兮，吾固知其鉏鋙而難入。

從以上所引可見「方鑿圓枘」一語組合之經歷。再如：

痛心於政治清明之無望，不忍為同流合污之苟安。（蔡元培〈辭職呈〉）

「同流合污」一語出於《孟子・盡心下》：

非之無舉也，刺之無刺也；同乎流俗，合乎污世。

「同乎流俗，合乎污世」二句拆合而成「同流合污」一句，是常見的「引用」型態。

丙、功能

引用成語或典故，在修辭上所表現的功能是多方面的。聊舉數端，以見一斑：

(一)言簡意賅

世情如紙，只有錦上添花，誰肯雪中送炭？《兒女英雄傳・第九回》

「錦上添花」、「雪中送炭」，兩句八字，表盡世情之冷暖。上句出自王安石〈即事詩〉：

麗唱仍添錦上花。

下句出自《宋史・太宗紀》：

淳化四年，雨雪，大寒，遣中使賜孤老貧窮人米炭。

(二)美化語言

萍水相逢，就蒙姐姐如此慷慨，何以克當？《鏡花緣・第五十三回》

引「萍水相逢」表「偶然相遇」，得意象之美。王勃〈滕王閣序〉：

關山難越，誰悲失路之人？萍水相逢，盡是他鄉之客。

這是成語出處。

㈢豐富內涵

意倦須還，身閒貴早，豈為蓴羹鱸鱠哉？（辛棄疾〈沁園春〉）

「蓴羹鱸鱠」典出《晉書・張翰傳》：

翰因見秋風起，乃思吳中菰菜、蓴羹、鱸魚鱠，曰：「人生貴得適志，何能羈宦數千里以要名爵乎？」遂命駕而歸。

典故的引入，增廣了想像的空間，作品內涵因而豐富。

㈣增添趣味

俗話說道：嘴上無毛，辦事不牢。像你眾位，一定是靠得住，不會冤枉人的了。（《官場現形記・第十五回》）

俗話本多趣味。上文引用俗話以形容少年做事不切實際之義，即增添不少文字趣味。

㈤建立權威

三藏悄悄的叫道：「悟空，這裏人家識得我們道成事完了。自古道：『真人不露相，露相不真人。』恐為久淹，失了大事。」（《西遊記・第九十九回》）

這是引用古語來指導行為的例子。

㈥供給佐證

始潮人未知學，公命進士趙德為之師。自是潮之士，皆篤於文行，延及齊民。至於今，號稱易治。信乎孔子之言：「君子學道則愛人，小人學道則易使也。」（蘇軾〈潮州韓

文公廟碑〉)

孔子之言見於《論語．陽貨》，此處引用之以支持潮州的政績。

(七)製作譬喻

不勝狐死首丘之情、營魂識路之懷。(《後漢書．鄧寇列傳》)

「狐死首丘」喻「不忘本」，語出《禮記．檀弓上》：

古之人有言曰：「狐死正首丘，仁也。」

借用前人之言辭或事故來製作譬喻格，可收典雅而易曉之效。

結語

「狗血噴頭」、「狗咬呂洞賓」等，都是成語。前者比喻「狼狽難堪」；後者比喻「不識好人心」。二者均可算是譬喻格；但通常前者歸屬「借喻」之法，後者稱為「譬解」之語。試一比較其異同：

「借喻格」所隱藏的是它的「喻體」(如「狼狽難堪」等)，所呈現的是它的「喻依」(如「狗血噴頭」等)。「譬解語」所隱藏的是它的「解語」(如「不識好人心」等)，所呈現的是它的「譬語」(如「狗咬呂洞賓」等)。此外，「解語」幾乎都有固定的字句；「喻體」則只有一定的語意，而無固定的字句。

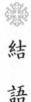

由以上的比較可以發現：這兩種修辭技巧雖有區別，但十分形似，所以易致混淆。修辭學舊書有「藏詞」一格，內容即包含本篇中的「摘取」與「歇後」兩部分。但因凡屬「藏詞」之格者，必然使用成語，所以附論之於「引用」一格之中即足。

第十三講 仿擬

甲、借便
乙、擬腔
丙、諧趣
丁、仿諷

前言

借用舊語型以傳達新語意，叫做「仿擬」。例如：

窮則兼善天下，達則獨善其身。〈劉世昌〈論鄉原〉〉

此一語型出自《孟子・盡心上》：

窮則獨善其身，達則兼善天下。

新舊語意不同，語型則一。這就是「仿擬」修辭格。

語型的選取，自名家著作，至坊間俗語，無所不可。初學語文，必經模仿階段。即使成名作家，亦每以鎔裁經典名作為自我陶鑄之途徑。故廣義言之，習作、甄採等，都屬語文仿擬的活動。吾人日常用語，實亦絕少不是得自他人的。

修辭學中的仿擬格，依其功能而論，可分作四類：「借便」、「擬腔」、「諧趣」、「仿諷」。下文分別說明之。

甲、借便

說話時為了經濟與實惠的目的，我們常引用成語，借助前人的智慧。其實「仿擬」技術亦能達到類似的目的。就既有的語型，擇其適用者，以表達一己之意念。在作者與讀者共同熟悉此一語型之下，雙方都能得事半功倍之益。所不同者：引用成語，是一種全盤借用之法——包括語型及語意；仿擬，則只抽取語型而捨其語意，另填新內容以成新語意。例如：

還卿一鉢無情淚，恨不相逢未鬀時。（蘇曼殊〈本事詩〉）

此一語型取自張籍〈節婦吟〉：

還君明珠雙淚垂，恨不相逢未嫁時。

語意與語型當然有某一程度的相關性，所以在相同的語型之下，難免出現相似的語意。「仿擬」的作品固然缺少創新之致，但自有一種親切易解之效。再舉一例：

人心之不同，各如其面；人音之不同，亦有如其面。（顏元叔〈我愛開會〉）

上下語型相同，最初見於《左傳・襄公三十一年》作：

人心之不同，如其面焉。

借用「人心之不同」來說「人音之不同」，方便易解。此即「仿擬」之一種功能。

乙、擬 腔

為了真切地再現一種語文活動，直接模擬其特有的腔調，是「仿擬」的另一功能。例如：

此種毫無階級觀念作祟，才見出人的真價值。個人尊嚴，不是單行道交通。大人在上，臣罪當誅——只是在做戲。席終人散，誰的尊嚴都不存在了。（吳魯芹〈民為貴〉）

文中「大人在上，臣罪當誅」兩句，仿擬舊時代的官場腔調，用以再現那時期的階級意識。再如：

這位青年所恨的，就是吾國人民未能人人像他讀洋書、說洋話、西裝革履、繫領帶、跟外國人叩頭鞠躬「豪杜猶杜」(How do you do) 也。（林語堂〈赤足之美〉）

「豪杜猶杜」是直擬洋腔洋調的，使一種語文活動真切再現。

丙、諧趣

借用舊語型以傳達新語意，是仿擬格的基本方式。換言之，同一語型先後曾被用來傳達兩種不同的語意。而仿擬格之所以能造就「諧趣」者，乃是由於這兩種語意的「失調」而來。例如：

正如我小時候在北風刺骨的街頭，人家過年，我賣對子。人皆不堪其憂，我獨不減其樂。（陳之藩〈春聯〉）

末二句語型出自《論語．雍也》：

在陋巷，人不堪其憂，回也不改其樂。

原本是描寫聖賢境界的語句，借用為「街頭賣對子」的語句。不成比例的內容對照之下，遂成詼諧之趣。因為此等諧趣是由新舊語意失調所成，所以假使讀者不曾讀過原文，此種諧趣就不會形成了。再舉一例：

壯士斷腕

烈士斷腸（余光中〈割盲腸記〉）

後句仿擬前句，因為前後不成倫類，致生詼諧之趣。

丁、仿諷

對人對事的責難，態度激烈者，有抨擊、喝斥等方式；態度冷靜者，有反諷、仿諷等方式。「反諷」是運用「倒反」技術以達譏刺之目的。「仿諷」則運用「仿擬」技術以達譏刺之目的。例如：

女人善變，多少總有些哈姆雷特式，拿不定主意；問題大者如離婚結婚，問題小者如換衣換鞋，都往往在心中經過一讀二讀三讀，決議之後再覆議，覆議之後再否決……

（梁實秋〈女人〉）

這是仿擬議會議決程序的術語，來達成諷刺的目的。再如：

東坡居士若是生在今朝，有幸住在工業先進地區，恐怕會把那首〈臨江仙〉的下半闋改為：

「長恨此身非我有，一堆數字為憑。夜闌風靜氣難平，湖海污染盡，何處寄餘生。」

（吳魯芹〈數字人生〉）

東坡詞原作：

長恨此身非我有，何時忘卻營營？夜闌風靜縠紋平，小舟從此逝，江海寄餘生。

這也是仿擬前人作品以諷刺時事的例子。

結語

「仿諷」的例子大都不乏詼諧之趣；但「諧趣」的例子則未必具有諷刺之功能。這是兩者的區分。

仿擬格的主要原理是「語型」與「語意」的離析與組合。也就是同一「語型」先後被用以傳達兩個不同的「語意」。而所謂「語型」，廣義地說，只要是語言、文字的形式，都算在內，固不限於句型文法而已。比如當一個「語意」是藉一個「語音」來表示時，此一「語音」即是該「語意」的形式。那麼，借用舊「語音」以傳達新「語意」，應可視為「仿擬格」的延伸。例如：

他那裏一聲嘹亮的「耶士，叟」(Yes, Sir!) 便從報紙堆裏站起來。（顏元叔〈美式理髮〉）

「叟」字音近"Sir"，語意則有別。借同一語音以傳達另一語意，前後對照，便得一種詼諧之趣。這是仿擬格的引申用法。

因為仿擬格易於造就諧趣，所以作風端謹之作者，不輕易使用。即使只是借便達意而不流於詼諧，亦有違「陳言務去」之原則。所以修辭格的取用，必要考慮「時機」的因素。

第十四講 婉曲

甲、捨直就曲

㈠析字

㈡析事

㈢遮撥

㈣用典

㈤譬喻

㈥倒反

㈦雙關

乙、避重就輕

㈠主從

㈡因果

㈢先後

㈣左右

丙、派用替代

(一)代稱

(二)代表

丁、不盡所言

(一)吞吐

(二)歇後

前言

「婉轉曲折」與「直截了當」，詞義相反；但在文學修辭上則各有其適用的場合。如果我們遍檢種種修辭法，將發現：很多修辭格都具有「婉曲」的性能。由此看來，「婉曲格」乃是一個綜合性的修辭法。如果說「婉曲」是一種修辭技巧，那麼它的修辭目的就在於造就「含蓄」的效果。下文分類論述，並舉例說明，以見「婉曲」修辭活動之一斑。

甲、捨直就曲

從心理分析上說，藉曲折的陳述，以延長讀者領會的時間，就能減輕言詞給人的刺激，如此即有一種「含蓄」的效果。一般修辭學者所謂「折繞」、「曲折」、「曲繞」等等，都是著重此一觀點立論。本篇以為「捨直就曲」之原理，可以落實在下列數種技巧之上：

㈠析字

「析字」活動具有遊戲與猜謎的趣味。「遊戲」可以緩和嚴肅氣氛，「猜謎」可以掩飾事態的嚴重性。二者都有助於「含蓄」效果的造就。例如：

> 天寒地凍，水無一點不成氷；
> 國亂民愁，王不出頭誰是主？（劉隆民〈龍眠聯話〉）

明成祖為燕王時，宴群臣，天寒出句；姚廣孝勸舉兵靖難而成此對。其下聯在析字之餘，實含一嚴重話題。若直接陳述，難免予人強烈的刺激。藉字形的析合以間接表意，就有委婉含蓄的效果了。

㈡析事

「析事說理」當然要費周章。如果使用在不必要的時候，便會予人「多此一舉」的感覺。但若是「多此一舉」有緩衝讀者的感受之效，則故意的「析事說理」就變成一種修辭技巧了。例如：

> 夫差行成，曰：「寡人之師徒不足以辱君矣！請以金玉子女，賂君之辱。」句踐對曰：「昔天以越予吳，而吳不受；今天以吳予越，越可以無聽天之命而聽君之令乎？吾請達王甬句東，吾與君為二君乎？」（《國語‧越語》）

夫差行成，提出當年對等的要求。句踐既礙於情面，又不肯放棄霸圖，乃輾轉引述天命而分析之。表面上藉此以支持他的立場，實際上則用來緩和尷尬的氣氛。

㈢遮撥

不直接肯定主體部分，但對其周邊事物逐一否定之，以間接托現主意之所在，便是遮撥法。例如：

> 生怕離懷別苦，多少事，欲說還休。新來瘦，非干病酒，不是悲秋。（李清照〈鳳凰臺上憶吹簫〉）

後兩句的連續否定，就是典型的遮撥法。

㈣用典

反對用典的人，認為用典會損傷文章的流暢性。然而「婉曲」修辭正好利用此一特性來製造「含蓄」的效果。例如：

> 摶沙有願興亡楚，博浪無錐擊暴秦。（秋瑾〈感懷〉）

一聯之中用了兩個典，固然豐富了作品的意象，也含蓄了作者的心願——推翻滿清、復興中華。

㈤譬喻

> 教曲妓師憐尚在，浣紗女伴憶同行。舊巢共是銜泥燕，飛上枝頭變鳳凰。（吳偉業〈圓圓曲〉）

後兩句屬「譬喻」。讀者須由「喻依」回溯「喻體」，然後理解章旨。所以也是屬於「曲達其意」的一種方法。又因「喻體」被略去，所以「含蓄性」就更高了。這是屬於「借喻」的例子。其實如「隱喻」、「略喻」等——或變更「喻詞」，或省略「喻詞」的方法，也多少能造就委婉含蓄的效果。

㈥倒反

「倒反」的意義，陳望道說是：「或因情深難言，或因嫌忌怕說，便將正意用了倒頭的語言來表現。」由此看來，「倒反」當然也是「婉曲修辭」之一法了。例如：

猶且月費俸錢，歲糜廩粟。子不知耕，婦不知織；乘馬從徒，安坐而食。踵常途之促促，窺陳編以盜竊。然而聖主不加誅，宰臣不見斥，茲非其幸歟？（韓愈〈進學解〉）

這是韓愈的倒反語——收束起怨懟，代之以自嘲與自責，反而更耐人尋味。

㈦雙關

言在此，意可兼彼，在讀者心中遂生髣髴疑似的印象，含蓄的效果於焉形成。例如：

向晚意不適，驅車登古原；
夕陽無限好，只是近黃昏。（李商隱〈登樂遊原〉）

後兩句固是寫作者遊原時所見，但總是引人起「弦外之音」的猜想。

乙、避重就輕

可以同時成立或同時出現之相關事件，若舉其一，可概其餘，則避其重者而言其輕者——讀者見微知著，自能得含蓄之效果。茲依據事件相關性的種類以區分之，可得下列數法：

(一)主從

鄭商人弦高將市於周，遇之，以乘韋先牛十二犒師，曰：「寡君聞吾子將步師出於敝邑，敢犒從者。不腆敝邑，為從者之淹，居則具一日之積，行則備一夕之衛。」且使遽告於鄭。《左傳・僖公三十三年》

秦師主要目的在「侵略敝邑」，而「步師出於敝邑」乃其伴隨條件。今不說「侵略敝邑」，而說「步師出於敝邑」，是因為後者輕而前者重。言其輕者以暗示其重者，便是委曲達意的技巧。

(二)因果

久之，荊卿未有行意。秦將王翦破趙，虜趙王遷，盡收其地，進兵北略地，至燕南界。太子丹恐懼，乃請荊卿曰：「秦兵旦暮渡易水，則雖欲長侍足下，豈可得哉？」《戰國策・燕策》

「不得長侍足下」的原因是「燕國既亡於秦」。今只說結果，不提原因，是避重就輕、諱言亡國之義。然而該原因是不言可喻的，所以這也是一種委曲達意的技巧。

㈢先後

語意之發展自有一種邏輯順序。若因為驟升的情緒，而致言語逾越常序，也會形成另一種婉曲的表達藝術。例如：

他的旱煙管是父親特地從北平帶回送他的，他很喜歡那個綠玉嘴，我看他倒是摸的時候比抽的時候多。父親看他這股愛惜，又找出一支有翡翠煙嘴的送他，誰知他正色喊著我父親的名字說：「用東西不能這樣奢侈，這是前清皇宮裏用的東西，收起來。」父親只好忍住笑收起來。（琦君〈旱煙管憶往〉）

那「綠玉嘴」已足珍愛，此「翡翠煙嘴」更無以名狀了。對此，「他」並未加以表白——他躍過了一段依序當先說的話而未說。因此所言乃給人一種「突如其來」的感覺。但正因為「突如其來」，反而洩露了那份「無以名狀」的情懷。聽者在回神之際，即能有所會心了。此亦「含蓄」之藝術。

㈣左右

顧左右而言他——在答問之際規避正題。其實「規避」之自身即為某種訊息的表露，所以也算是「曲達其旨」之一途。例如：

先軫朝，問秦囚。……公使陽處父追之，及諸河，則在舟中矣。釋左驂，以公命贈孟明；孟明稽首曰：「君之惠，不以纍臣釁鼓，使歸就戮於秦。寡君之以為戮，死且不朽；若從君惠而免之，三年將拜君賜。」（《左傳・僖公三十三年》）

陽處父智誘敵人，釋左驂贈孟明。孟明則但言「君惠」，而絕口不提「驂事」。以陽處父之智，自當瞭解這種「以不言為言」的修辭技術了。

丙、派用替代

不忍言、不敢言，而不得不言時，派用替代者，實屬權宜之計。「替代」自然也是「婉曲」之一法。就「替代者」與「被替代者」之關係而論，「替代」之技術可分二類：

㈠代稱

今媼尊長安君之位，而封之以膏腴之地，多予之重器，而不及今令有功於國。一旦山陵崩，長安君何以自託於趙？（《戰國策・趙策》）

這是觸讋對趙太后之諫言。「山陵崩」一語乃是「尊者之死」的代稱。

㈡代表

同類事物之中，取其一以為全體之替代者，是為「代表」。例如：

母愀然曰：「嗚呼！自為蔣氏婦，常以不及奉舅姑盤匜為恨。」（蔣士銓〈鳴機夜課圖記〉）

「奉盤匜」一事只是「侍奉舅姑」諸事之一端。此處以偏代全，讀者可觸類旁通，故不煩枚舉了。因為文字雖簡而指涉實繁，讀者便有自行領會的餘地。此即委婉含蓄之理所在。

「取其一以為全體之替代者」，稱為「代表」。另有一種近似「代表」，而替代的方向正好相反的——亦即「以全體之名替代個別之名」者。例如：

國藩志學不早，中歲側身朝列。（曾國藩〈聖哲畫像記〉）

曾國藩三十九歲任禮部右侍郎，上文概括性地稱為「朝列」，予人籠統的印象，乃造就含蓄的效果。

丁、不盡所言

這裏所謂「不盡」，是從文法的形式上來看的。所以它的例句都是以「刪節號」作結的。言雖不盡，意則可由上下文的發展獲取暗示。這是本技術的原理所在。下文介紹兩款：

㈠吞吐

跟他們面談的是位胖嘟嘟的公司經理，一見面就盛讚二人年青有為。接著語氣一轉：「二位學經歷相同，考試成績也不相上下；不過，遺憾的是敝公司限於名額，只能錄取一位。因此，二位當中勢必要犧牲一位，我實在也很難下決定。由於二位都是好朋友，所以，我希望二位能自行決定……」（劉楷群〈求職記〉）

文末所刪節的，實屬難以表達的話題；但同時又是屬於顯然可知的意念。此即本技巧的特徵所在。

(二)歇後

孔文舉年十歲隨父到洛。時李元禮有盛名，為司隸校尉。詣門者皆儁才清稱及中表親戚乃通。文舉至門，謂吏曰：「我是李府君親。」既通，前坐。元禮問曰：「君與僕有何親？」對曰：「昔先君仲尼與君先人伯陽有師資之尊，是僕與君奕世為通好也。」元禮及賓客莫不奇之。太中大夫陳韙後至，人以其語語之。韙曰：「小時了了，大未必佳。」文舉曰：「想君小時必當了了……」韙大踧踖。（《世說新語・言語》）

文舉的話，在形式上是歇了後半部分，實際則不言可喻。所謂「盡在不言中」者，自然具有含蓄之效果。

結語

本篇所論包括四大項目，即：「捨直就曲」、「避重就輕」、「派用替代」、「不盡所言」。由此等名目即可以瞭解本篇所指「婉曲」與「含蓄」之意義。在「前言」中曾提及：「很多修辭格都具有婉曲的性能。」本篇論述旁涉「析字」、「用典」、「譬喻」、「倒反」、「雙關」、「吞吐」、「歇後」諸格，即是證據。所以說「婉曲格」乃是一綜合性的修辭技術。但上列這些修辭格除都具有「婉曲」的功能之外，它們仍各自具有種種不同的性能。這是它們不但獨立於「婉曲格」之外，又彼此分立的道理所在。

第十五講 省 略

甲、約定俗成的省略

(一)文法習慣的

1. 虛字

2. 構詞

(二)行文習慣的

1. 指稱

2. 引述

乙、文字重複的省略

(一)語法的

(二)類例的

(三)話題的

(四)字句的

1. 從略

2. 總提
3. 代稱

前言

若依自然的順序寫作文章，字裏行間必多重複之文字。若省略之而無傷文旨的傳達時，便應省略。另有一種情形，並不是因為文字有重複，而是由於約定俗成的省略習慣者，也應該省略。當略不略，便成累贅，殊害修辭之義。所以「省略」的行文方式，也成為一種修辭的技術。下文即從「約定俗成的省略」及「文字重複的省略」兩大方向，分類論述。

甲、約定俗成的省略

語文之中總有些約定俗成的習慣。其屬於「省略」方面的有「文法習慣」的省略，及「行文習慣」的省略。分別說明如下：

㈠文法習慣的

「虛字」的運用，及「構詞」的方法，其中都有習慣性的省略。分別舉例：

1. 虛字：

子曰：「可與共學，未可與適道。可與適道，未可與立。可與立，未可與權。」（《論語・子罕》）

「與」字下省略「之」字，六句均然。又如：

視駝所種樹，或遷徙，無不活；且碩茂，早實以蕃。他植者雖窺伺傚慕，莫能如也。（柳宗元〈種樹郭橐駝傳〉）

末句的自然寫法是：「但莫能如之也」。省略了「但」字、「之」字。再如：

廡下一生伏案臥，文方成草。公閱畢，即解貂覆生，為掩戶。叩之寺僧，則史公可法也。（方苞〈左忠毅公軼事〉）

「為掩戶」一句，完全的寫法是：「為之掩戶」。「叩之寺僧」一句，完全的寫法是：「叩之於寺僧」。省略了「之」字、「於」字。

2. 構詞：

夙興夜寐，毋忝爾所生。（《詩經・小雅・小宛》）

「所生」一詞，是「所自生者」之省略。——即「生身之父母」。又如：

有帶甲五千人，將以致死。乃必有偶，是以帶甲萬人事君也。無乃即傷君之所愛乎？（《國語・越語》）

「所愛」一詞，實「所愛者」之省略。再如：

書缺有間矣。其軼乃時時見於他說，非好學深思、心知其意，固難為淺見寡聞道也。

《史記．五帝本紀》

「淺見寡聞」一詞，是「淺見寡聞者」之省略。他如：

人君當神器之重，居域中之大。（魏徵〈諫太宗十思疏〉）

「人君」一詞，乃「為人君者」之省略。他如「人臣」、「人父」、「人子」等，道理相同。

二十忝科名，聞喜宴獨不戴花。同年曰：「君賜不可違也。」（司馬光〈訓儉示康〉）

「同年」一詞，乃「同年及第者」之省略。

㈡行文習慣的

「對象的指稱」，及「詞語的引述」，也有其習慣性的省略法。分別舉例：

1. 指稱：

其中往來種作，男女衣著悉如外人；黃髮、垂髫並怡然自樂。見漁人，乃大驚。問所從來，具答之。便要還家，設酒、殺雞、作食。（陶潛〈桃花源記〉）

從「見漁人」以下，到「便要還家」諸句，都省略了主詞與受詞的指稱。蓋人物不多，問答往復，不煩詳稱之故。再看一例：

及試，吏呼名，至史公，公瞿然注視。呈卷，即面署第一。召入，使拜夫人。（方苞〈左忠毅公軼事〉）

從「呈卷」以下諸句，主客雙方之指稱都省略了。道理同前例。

特殊的體裁之中，也常有一定的省稱習慣。例如詩體：

獨坐幽篁裏，彈琴復長嘯。深林人不知，明月來相照。〈王維〈竹里館〉〉

前二句省略主詞，後二句省略受詞，其實都是作者本人。自述的短詩，不妨省略指稱也。又如：

寒雨連江夜入吳，平明送客楚山孤。洛陽親友如相問，一片冰心在玉壺。〈王昌齡〈芙蓉樓送辛漸〉〉

既是送客之作，則第一人與第二人為誰，不言可喻。

有時不是人口簡單，而是對象普泛，因而省稱的。例如：

譬如約朋友去散步，決不會說：「我們一同去閒步一回。」去到一處地方，頭上是新鮮的樹蔭，腳下是可愛的草地，也決不會說：「這裏頭上有清蔭，腳下有美草。」〈朱自清〈理想的白話文〉〉

文中不具主詞的句子，就是因為「對象普泛」而被省略稱呼的。再如：

夏天，當柏油路上印著一個一個個的橡皮輪的痕跡，熱得連鳥兒也停止了歌唱的時候，而一來到這裏，涼風習習，樹影婆娑，由葉縫裏漏下來的陽光，在石徑上印上許多整齊的圖案畫。〈謝冰瑩〈愛晚亭〉〉

當所言適合一般人，而不限定對象時，有的作者慣用「我們」，有的喜歡用「你」；而有的就略而不用。上文「來到這裏」一句的主詞，就是這樣被省略的。

使用特定的體裁——例如寫格言式的句子，也常省略人稱，其理相同。例如：

見賢思齊，見不賢而內自省也。（《論語・里仁》）

先天下之憂而憂，後天下之樂而樂。（范仲淹〈岳陽樓記〉）

上述兩段話，適合一般人，不限定對象，所以省略指稱。

2.引述：

其與門弟子言，舉堯舜相傳所謂危、微、精、一之語，一切不道；而但曰：「允執其中，四海困窮，天祿永終。」（顧炎武〈與友人論學書〉）

所謂「危、微、精、一」四個字，乃是「人心惟危，道心惟微；惟精惟一，允執厥中」（《偽古文尚書》）十六個字的縮寫。又如：

如文周孔孟之聖，左莊馬班之才，誠不可以一方體論矣。（曾國藩〈聖哲畫像記〉）

「文王」、「周公」、「孔子」、「孟子」、「左丘明」、「莊周」、「司馬遷」、「班固」，八個名號用八個字代表。省略之後，才有簡潔的文句。再如：

在從前，寫字是一件大事。在「念背打」教育體系當中，佔一個很重要的位置。（梁實秋〈寫字〉）

「念背打」三字，代表老式教學中的三個主要活動。若不縮減成三個字，全文寫來就嫌冗長了。

乙、文字重複的省略

刻意重複文字，有強調文意的功用；無意造成的重複，便屬敗筆。文字可省而不省，有違修辭精神。為避免重複而省略的方式，亦有多款，當視語文情況而變。分類說明如後。

㈠語法的

在青楓峽裏聽濤聲，比在衡山黑龍潭聽瀑布還有趣。微風起時，楓葉便發出輕細的軟語，恰像愛人躲在樹叢喁喁情話。（謝冰瑩〈愛晚亭〉）

從「微風起時」以下各句，是在描述「青楓峽」，而不是描述「黑龍潭」。雖然沒有另作標示，但根據上文的語法邏輯（「青楓峽比黑龍潭」云云），這裏是無須標示的。再如：

詩詩的左臂上猶自繫著一截黑紗。我感到有許多話要對你們說——雖然，這些話也許要等到許多年以後，你們才明白。（張曉風〈黑紗〉）

根據語法習慣，「雖然」句之後，要接「但是」句。這裏略而不接的理由是：詞意具見上文（「要對你們說」云云）。

㈡類例的

太史公曰：自郅都、杜周十人者，此皆以酷烈為聲。（《史記・酷吏列傳》）

此「十人者」，猶言「十人等」。十人依序是：郅都、寧成、周陽由、趙禹、張湯、義縱、王溫舒、尹齊、楊僕、杜周。「太史公曰」只舉首尾二人，其餘雖從略，但可依前文類推，所以並無害於文意的傳達。又如：

> 聖人無常師，孔子師郯子、萇弘、師襄、老聃。郯子之徒，其賢不及孔子。（韓愈〈師說〉）

「郯子之徒」，猶言「郯子等人」。舉其一以概其餘，不煩重複列舉。

(三)話題的

> 遂寘姜氏于城潁而誓之曰：「不及黃泉，無相見也。」既而悔之。潁考叔為潁谷封人，聞之，有獻於公。公賜之食，食舍肉。……公曰：「爾有母遺，繄我獨無。」潁考叔曰：「敢問何謂也？」公語之故，且告之悔。（《左傳‧鄭伯克段于鄢》）

「公語之故」——所語為何？即上文「寘姜氏于城潁」一事。同一話題，勢不宜重複述說。又如：

> 巫、醫、樂師、百工之人，不恥相師；士大夫之族曰師曰弟子云者，則群聚而笑之。問之，則曰：「彼與彼年相若也，道相似也。」（韓愈〈師說〉）

「問之」——所問為何？即上文「群聚而笑之」一事。雖省略而不使人失解，是即修辭之藝術。

(四)字句的

上下文所用的字句相同時，避免重複之道，有「從略」、「總提」、「代稱」諸法。分別說明：

1.從略：

昔田巴毀五帝、罪三王、呰五霸於稷下，一旦而服千人；魯連一說，使終身杜口。（曹植〈與楊德祖書〉）

「毀五帝」、「罪三王」、「呰五霸」三事俱發生於稷下。原文「於稷下」三字，只在下句出現一次；在上兩句均從略。這是「略上」之法。

自從有了天窗，就像親手揭開覆身的冰雪，我是北地忍不住的春天。（鄭愁予〈天窗〉）

「親手揭開覆身的冰雪」的人，也是「我」。這裏，「我」字只見於下句，在上句從略了。所以也是「略上」之法。

所謂字如其人，大抵不誣。如果每個字都方方正正，其人大概拘謹。如果（每個字）伸胳臂拉腿的，都逸出格外，其人必定豪放。（如果）字瘦如柴，其人必如排骨。（如果）字如墨豬，其人必近於五百斤油。（梁實秋〈寫字〉）

文中三處括號內的文字，是被作者省略的。第一處省略「每個字」三字；第二、三處省略「如果」二字。因為「如果每個字」五字已見上文，所以下文從略。這是屬於「略下」之法。

2.總提：

若將共同的字句總置一處，而不隨文附見者，便是「總提」之法。此與前述「從略」之法不同，但也有「上提」、「下提」之分。分別舉例：

王不在大——湯以七十里，文王以百里。（《孟子・公孫丑》）

此文意思是說：「湯以七十里王，文王以百里王」。但「王」字總提於文端（「王不在大」），不隨附下文任一句，所以是「上提」之法。又如：

穿了一件藍布外褂兒、一條藍布褲子——都是黑色鑲滾的。（《老殘遊記‧第二章》）

「一件藍布外褂兒」是「黑色鑲滾的」；「一條藍布褲子」也是「黑色鑲滾的」。它們公用的句子總提於文末，所以是「下提」之法。

3. 代稱：

宋末畫家鄭思肖畫蘭，連根蒂均飄於空中。人問其故，他說：「國土淪亡，根著何處？」（陳之藩〈失根的蘭花〉）

「他說」——就是「鄭思肖說」。為避免重複，所以使用代名詞。這是一種「代稱」。再如：

整節詩給人的感覺是喘不過氣來（尤以第一、二行，第十、十一行為甚），是呼吸急促（尤以第七、八行為最突顯）。（溫任平〈析余光中的長城謠〉）

文中兩處括號，是作者的註語。所謂「第幾行」云者，就是〈長城謠〉部分文句的「代稱」。

結語

「省略」不全是為了避免重複，有的只是約定俗成的語文慣例而已。而避免重複之方，也不止於「省略」一途。例如「錯綜格」裏也有很多避免重複的方法。不過那些方法的主要功能是在：「調劑語文的節奏、活潑語文的生機」（見〈錯綜〉），所以具有更積極的意義。

此外，有些「跳脫格」的修辭法，從外表上看，也具有「省略」的形式；但從修辭的動機上說，它乃是為了表現一種急切的心情而捨棄語序中的某些詞句，使語氣促迫起來。而那些被捨棄的詞句，原是上文已出現過的，因此被選為省略的對象。例如：

晉獻公將殺其世子申生，公子重耳謂之曰：「子盍言子之志於公乎？」世子曰：「不可！君安驪姬，（言我之志，）是我傷公之心也。」（《禮記・檀弓》）

雖於道統之傳，不敢妄議；然初學之士，或有取焉。（如有所取，）則亦庶乎升高行遠之一助云爾。（朱熹〈中庸章句序〉）

上面兩段，括號中的文字是被省略的。像這樣的省略法，與本篇所論諸例，形似而義不同。僅附見於此。

第十六講 警 策

甲、字的處理
㈠同字
㈡同音字
㈢反義字
乙、句的處理
㈠節奏
㈡韻腳
㈢用喻

前 言

陸機〈文賦〉云：「立片言而居要，乃一篇之警策。」李善注：「馬因警策而彌駿，以喻文資片言而益明。」由此言之，「警策」二字原是「鞭策使警動」之義。用在文辭修飾上說，就是設計語文形式，使一種意念的表出更具精神。

陳望道說：「語簡言奇而含意精切動人的，名為警策辭。」其中「精切動人」云者，是指言語之內容；而「語簡言奇」則是指言語之形式。試進一步闡釋如下：

(一)「精切動人」

高層次的知識活動，吾人稱之為「哲學思想」。含有哲理意味的言語，通常具有兩個特徵：一是「高深」，二是「精闢」。故其在閱讀上引發的心理反應，先則是「錯愕」，繼則是「思索」。試讀一例：

能忍人之所不能忍，乃能為人之所不能為。(《胡林翼語錄》)

文中哲思，在作者是累年涵養與體察之所得，在讀者當然就難免愕然釋卷、為之沉吟終日了。

尤其是一些相反相成，或一體兩面的觀念的表出，在警策辭中更稱上品。例如：

必死則生，幸生則死。(《吳子‧治兵》)

寡取易盈，好逞易窮。(岳飛〈良馬對〉)

這兩例表現的是相反相成的觀念。

良藥苦口而利於病，忠言逆耳而利於行。(《孔子家語》)

自其變者而觀之，則天地曾不能以一瞬；自其不變者而觀之，則物與我皆無盡也。(蘇軾〈赤壁賦〉)

這兩例表現的是一體兩面的觀念。凡此等觀念都具有一種「對偶性」，而人們往往只識及其一，不悟及其二。一旦經人提示，自然先生錯愕之感。

㈡「語簡言奇」

論及言語的形式，可以從兩個層面來探討：一是「表現的尺度」，二是「文字的技巧」。所謂「語簡」云者，當指「表現的尺度」而言；而所謂「言奇」，則指「文字的技巧」。分別詮釋如下：

⑴「語簡」

一個意念該用多少語言來傳達，原無定限。作者自行決定的結果，便呈現了一己的風格。就一個思想的表達而論，通常需包含兩個項目：一是「判斷」（結論），二是「解析」（前提）。在某種時機裏，表達活動如果止於「判斷」，而不作「解析」，那就是「表現的尺度」被減縮了。此在閱讀時，便可能促發讀者的錯愕之感，並留予相當寬廣的思索空間。舉例說明：

> 夫良藥苦於口，而智者勸而飲之，知其入而能已病也。忠言拂於耳，而明主聽之，知其可以致功也。（《韓非子・外儲說左上》）

上述兩段文字，每段前二句是「判斷」，後一句是「解析」。今試比較下面一段文字：

> 良藥苦口而利於病，忠言逆耳而利於行。（《孔子家語》）

思想完全一樣，表現的尺度與前有別——只留「判斷」，不見「解析」。後人更簡化其文字而成：

> 良藥苦口，忠言逆耳。

前後相較，何者更為警策呢？再舉一例：

夫火烈，民望而畏之，故鮮死焉；水懦弱，民狎而翫之，則多死焉。（《左傳・昭公二十年》）

這當中兩段文字也是有「解析」、有「判斷」的。今若略去其中的「解析」而作：

夫火烈，故鮮死焉；水懦弱，則多死焉。

豈不更具警策姿態？

⑵「言奇」

精切動人的言語內容，如能輔以考究的字句，其傳達的效果必更彰顯。文句經過特殊的處理，就是「言奇」的意義。此種文字技巧，正是本篇的主題所在。詳論如後。

甲、字的處理

文字有形、音、義三要素。通常推敲文字，考慮的是字音與字義。警策辭常運用「同字」、「同音字」、或「反義字」，來突顯其意念的表出。分別舉例：

㈠同字

字雖同，取義並不盡同，因而呈現一種特色。例如：

道可道，非常道；名可名，非常名。（《老子・一章》）

上德不德，是以有德；下德不失德，是以無德。（《老子・三十八章》）

㈡同音字

同音異字而義可相足的，例如：

政者，正也——子率以正，孰敢不正？（《論語・顏淵》）

德之為言得也——得於心而不失也。（《論語・為政・朱注》）

政、正同音；德、得同音。字音同，字義未必全同；刻意牽合以促發讀者的錯愕感。而牽合之餘，通常需加補充說明以連繫之，上述二例之下文即為此而設。

㈢反義字

刻意安排反義字，以表現一種相反相成的觀念。例如：

曲則全，枉則直，窪則盈，敝則新。（《老子・二十二章》）

莫見乎隱，莫顯乎微。（《中庸・一章》）

相反詞能呈現強烈的對比性，因而具有醒目之功效。

乙、句的處理

表達完整的意念，需要句子。所以「警策」的修辭，便由「字的處理」，發展到「句的處理」。關於句子方面，可考究的有「節奏」、「韻腳」、「用喻」三項。分別論述之：

㈠節奏

節奏的設計，在初步的考究，只需調節句子的音節數（亦即字數）。例如連續幾個字數相等的句子，讀來自有一種節奏感：

禍福無門，惟人所召。（《左傳・襄公二十三年》）

人之初，性本善；性相近，習相遠。（《三字經》）

若進一步考究，就可以增加「語法」的設計。例如上下句使用同一語型，讀來更覺抑揚有致：

君子尊德性而道學問，致廣大而盡精微，極高明而道中庸。（《中庸・二十七章》）

人不畏死，不可懼以罪；人不樂生，不可勸以善。（《後漢書・荀悅傳》）

㈡韻腳

有了調和的節奏，再加上韻腳的呼應，讀來令人齒頰生津。例如：

二人同心，其利斷金；同心之言，其臭如蘭。（《易經・繫辭》）

聖人不死，大盜不止……掊斗折衡，而民不爭。（《莊子・胠篋》）

㈢用喻

譬喻之辭，辭旨本在文字之外。故譬喻格原就具有發人深省之功能。藉譬喻之法以傳達精切之哲理，應屬「警策辭」之極致。例如：

金玉其外，敗絮其中。（劉基〈賣柑者言〉）

依譬喻格之類型而論，此屬「借喻」之法——既無喻體，亦無喻詞。再如：

水至清無魚，人至察無徒。（《孔子家語》）

首句是喻依，末句是喻體，此當為「略喻」之法。若論警動之效果：明喻不如隱喻，更不如略喻與借喻。因為後者更近「語簡」之原則。

上述諸用喻之例，在句法上仍固守「節奏調和」之原則。若只用喻而不斟酌節奏，則其警動之效仍不彰顯。例如：

山徑之蹊間，介然用之而成路；其間不用，則茅塞之矣。（《孟子．盡心下》）

論其寓意，不可謂不深遠；但文以散句行之，終不能提振精神也。

結語

論述「警策」之辭，難免啟人對「格言」一詞的聯想。其實二者關係密切而有分別：「警策」是語言技巧之名，「格言」是語言功能之名；警策之辭可以作為格言，格言亦宜以警策之辭出之。在取材範圍上，「格言」是以立身行事之哲理為主；警策辭雖亦以此為大宗，但不必以此為限。例如說：

形而上者謂之道，形而下者謂之器。（《易經．繫辭》）

此等以客觀世界為研究對象而發現的真知灼見，及其所表現的語言形式，何嘗不是警策之辭？但終究不能視為格言。總結言之，「內容精切」與「形式凝練」二者，同為「警策」與「格言」之必要條件。陸機所謂「片言而居要」，正是此意。但在內容取材方面，「格言」需受一定的限制罷了。

第十七講 虛 設

甲、設例
乙、譬喻
丙、驗證
丁、量度
戊、析理
己、虛詞

前 言

語言是事物的符號。站在人的立場說，事物有屬於身外的，也有屬於心內的。前者是現實的存在，後者依想像而存在。於是語言所指涉的對象，也就有現實的與想像的分別。例如說「美若天仙」，「天仙」就是人所想像的，不存在現實的世界裏。

想像的事物，基本上是以現實事物為基礎而重新創造出來的。例如說「鐵公雞」，是由

「鐵」與「公雞」二概念組合而成。這二概念本都屬現實世界的存在者；但組合之後，卻只能存在人的想像裏。這是「虛設」的第一義。

語文所傳達的意念常有表一層、裏一層的情形。當真正的意念存在裏一層時，表一層即成虛設。這是「虛設」的第二義。

所謂表一層，乃是指該語言文字的常義；而裏一層則因事制義，沒有定準。例如：

為人性僻耽佳句，語不驚人死不休。（杜甫〈江上值水如海勢聊短述〉）

文中雖言「死不休」，但說話者之本旨在強調「意願之堅強」而已，並未真正考慮到「死」的問題。所以這裏的「死不休」，實在只是「虛設」的表層意義；「意願堅強」才是裏層的真義。再如：

太后明謂左右：「有復言令長安君為質者，老婦必唾其面。」（《戰國策・趙策》）

「唾其面」的真正意義不在語言表層。「唾其面」是虛，「極端憤恨」才是實。心情激動時，口不擇言，故所言常屬象徵性的意義。

以下就「虛設格」的功能，分類論述。

甲、設例

議論的進行，常是具體事件與抽象理論的結合。此中具體事件常有虛設之例。例如：

> 挾泰山以超北海，語人曰：「我不能。」是誠不能也。（《孟子・梁惠王》）

「挾泰山以超北海」就是虛設的例子。它只能存在人的想像中。

乙、譬喻

從形式與目的而論，此與一般譬喻格並無二致。唯一區別在內容取材上。當設計「喻依」時，不取材於現實，而運用想像力創造新事物，就是「虛設」的譬喻法。依其表現的方式，又可分二型。例如：

> 蜀道之難，難於上青天。（李白〈蜀道難〉）

這是常型。「上青天」是喻依，「蜀道之難」是喻體，「於」是喻詞。惟「上青天」乃是依想像虛設而成的。譬喻格的常型，應具「喻體」、「喻詞」、「喻依」三部分。「虛設」的譬喻，其常型並無不同；但取材不取自現實世界而已。

若「喻體」、「喻詞」、「喻依」三者不能齊備時，就是譬喻格的變型。例如：

> 上邪！我欲與君相知，長命無絕衰。山無陵、江水為竭、冬雷震震、夏雨雪、天地合，乃敢與君絕。（《樂府詩集・上邪》）

這是對天立誓「此情不渝」之意。文中誓詞如「山無陵」、「夏雨雪」等，都是依想像設計的，用來譬喻「不可能」一觀念。因為型式不同於一般譬喻格，所以算是一種「變型」。

丙、驗證

驗證的指標，若要用在科學實驗中，就必須依現實而設計；若憑想像設計，就只能用在文藝活動中。例如：

大人，如今是三伏天道。若竇娥委實冤枉，身死之後，天降三尺瑞雪，遮掩了竇娥屍首。（關漢卿〈竇娥冤〉）

「三伏天道，降三尺瑞雪」，這是一個想像的設計，用來作為驗證的指標——驗證「委實冤枉」之預設。

驗證的指標可不限於一種，所以原劇另一處就說：

若是我竇娥委實冤枉，刀過處頭落，一腔熱血休半點兒沾在地下，都飛在白練上者。

設計的內容雖異，卻都是依想像而成，用來驗證前述假設。

丁、量度

表示程度或分量，不用數字，也不用量的形容詞，而設計具體事件來代表。例如：

你便是落了我牙、歪了我嘴、瘸了我腿、折了我手，天賜與我這幾般兒歹症候，尚兀

自不肯休！（關漢卿〈南呂・一枝花〉）

這是一則賭誓，主旨在「不肯休」。文中種種歹症候，是說者用來標示「堅持的程度」者。我們不難發覺：這些症候多幾個、少幾個，甚至換幾個，都無損說者原旨，都只是用來表達「量度」的。所以它們有表裏二層意義。

上面的例子還有一段下文：

除是閻王親自喚、神鬼自來勾；三魂歸地府，七魄喪冥幽。天哪！那其間才不向烟花路兒上去。

與上文同例，都是賭誓之辭。所不同者，上一例的句型是「即使……也」，下一例的句型是「除（假設）……才」。兩相比較，都是條件句法。唯上句表無條件，下句表有條件——但這些條件都是虛構的內容，不可能實現的。所以都是賭誓者常用之語法。

戊、析 理

依理設事，藉事說理，可以說是一種較複雜的譬喻法，它以分析與解說擅場。「寓言」即是此種虛設技術的發揮。

糠和米本是相依倚，卻遭簸揚作兩處飛。一賤與一貴，好似奴家與夫壻，終無見期。丈夫便是米呵，米在他鄉沒處尋。奴家便是糠呵，怎地把糠來救得人饑餒？（高明〈琵

琵記〉）

從「糠」與「米」的相互關係，去解說夫妻之境遇。設計及運作之法，非一般譬喻所能並論。再如：

煮豆燃豆萁，豆在釜中泣。本是同根生，相煎何太急？（曹植〈七步詩〉）

利用「豆」與「萁」的關係，映現兄弟之情誼。話說的是「豆」與「萁」，意並不在文辭之表層。只是設計事物以間接傳達理念。由此而論，寓言故事中像〈鷸蚌相爭〉（《戰國策》）、〈夸父追日〉（《列子》）等，也都是虛設情事以陳說義理的例子了。唯標準的寓言，通篇採小說體式，為一種獨立自足的作品，已不再只是修辭技巧的例子而已了。

己、虛詞

虛用「數字」或「對反之詞」，以泛述繁雜的境況。這種表達方法也是運用「虛設」的技術。例如：

晉大夫七嘴八舌，冷譏熱嘲，皆由於心之大公也。（袁枚〈牘外餘言〉）

數字「七」、「八」，對反詞「冷」、「熱」，都是虛用之詞。所表述的境況，實際不是三言兩語所能描述的。又如：

一張花嘴，數黃道白，指東說西。（《拍案驚奇．第三十四卷》）

「黃」與「白」，「東」與「西」，兩兩對反，已將一個難以細述的場面，作了迅速而周延的交代。

結 語

「虛設」的基本精神是：說話的真意不在言辭表面。可以遂行這種技巧的材料，計有三種：其一是「矛盾的組合」，例如「山無陵」、「日無影」；其二是「經驗所無」，例如「夏雨雪」、「蛇吞象」；其三是「珍聞異事」，例如「鳳集河清」、「鐵樹開花」。除此之外，根據文化背景、語言習慣，取用具有表徵性的言辭，也能達相同目的。

第十八講 轉 品

甲、由簡化表意形式而成
㈠轉品為動詞的
㈡轉品為形容詞的
㈢轉品為副詞的
乙、由省略甲級詞而成
丙、由詞義變遷而成
丁、由表現文法地位而成

前 言

「轉品」就是詞品（詞類、詞性）轉變的意思。一個詞常具有多種品性，究竟何者為原品，何者為轉品，判斷之法則有二：其一是「據造字原義」，其二是「據習慣用義」。例如「木」字，依類象形，其原始即取名詞之義。於是如「木訥」、「木然」諸用作形容詞之例，就是轉品；而用作名詞者才是它的原品。

但並不是所有的字都能據其構造來論定原始詞品的。例如「突」字，說文解字云：「犬從穴中暫出也。」「暫」是一個副詞，「出」是一個動詞。究竟「突」字本義是偏重「暫」，還是「出」？這是「據造字原義」所不能解決的問題。於是便需訴諸第二法則。因為「突」字習慣用為副詞，像「突如其來」之類。所以「突破」、「突圍」等用作動詞之例，就是轉品；而副詞即是它的原品。

當然，習慣不是絕對的，因時因地而有分別。因此轉品的身分也就不是亙古不移的。重要的詞品有名詞、動詞、形容詞、副詞四種。依此計算，可得十二類轉品。但本篇重心不在依類示例，而在分析轉品形成的原理。歸納的結果得四個類型，論述於後。

甲、由簡化表意形式而成

先看一例：

寡人不敢以先王之臣為臣。（《戰國策‧齊策》）

句中「臣」字是名詞。若改原文為：

寡人不敢臣先王之臣。

上一「臣」字就轉為動詞了，而句法也顯得簡截了。這就是本文所說的「表意形式的簡化」。

又例如「玉女」一詞，乃是由「有女如玉」（《詩經》）簡化而來。「有女如玉」是一譬喻格，「玉」是其喻依，當然是名詞。簡化成「玉女」二字後，變為一個詞組。──「玉」字位屬乙級詞，當是形容詞，就成一個轉品的例子了。

原則上，簡單的意念用簡單的表達形式，複雜的意念用複雜的表達形式。但實際上，許多複雜的意念為著某些目的（例如修辭學的目的）而採簡單的表意方式。嚴格說，這種簡單的方式，應被視同簡化了的方式。對於某些轉品的形成，本文即採此一解釋。就此而言，「轉品」云者，並非只是一個詞自身的變性作用而已；實乃是某一表意法的化身（或說是該表意法的簡化式）。例如上述「有女如玉」四字，用「玉女」二字來代表，本文因而稱之為「簡化」。在這代表（或稱簡化）之際，由於「玉」字以不同的地位出現，乃成「轉品」之例。

由簡化表意形式而成的轉品，有幾種型態，舉例說明如下：

㈠轉品為動詞的

兵不血刃（作戰刀不沾血）

「血」本是名詞，在「血刃」中變為動詞。分析「血刃」中「血」字之義，並非只是由名詞「血」轉為動詞「沾」而已；實際是在原本的「血」義之外，更添了「沾」義。作者本欲表達「沾血」之義，卻不取「沾血」這一「詞結」的形式，而只移動「血」字的位置，使居動詞地位，而代表了「沾血」之義。此一作法，本文即稱之為「簡化表意形式」。

形式簡化，語意未減，自然該詞所負擔的意義就擴增了。所以「表意方式」的簡化，同時也是「詞義內容」的擴增。此種轉品的原理就是這樣。此外又如：

富國強兵（使國富足，使兵強大）

「富」、「強」二字是由形容詞轉成的「使動詞」。

義不帝秦（仗義不奉秦為帝）

「帝」字由名詞轉成動詞——此種動詞亦名「意動詞」，與上述「使動詞」大同小異。

不遠千里（不以千里為遠）

「遠」字由形容詞轉成動詞。他如：

霸諸侯（成為諸侯之霸）

廬其居（改其居為廬）

都可以說是在詞義內容擴增之際，形式上沒有相應的拓展。所以相對地便可以說：這是表意形式的簡化。

㈡轉品為形容詞的

泥人（泥塑的人）

這是個詞組。「泥」字與「人」字本同為名詞，今組合成複詞，「泥」字變為形容詞，取義已不只是「泥土」而已，而是「用泥土塑造的」。其詞義是擴增了，但表面所見的仍只是一個「泥」字，所以說在表意形式上，它是被簡化了。

魚池（養魚的池子）

「魚」字在此不只是水族之名，更添有「功能」之義——用來養魚的——因而成為形容詞。只是形式上沒有多作交代而已。

花貌（如花一般的容貌）

這是一個譬喻詞——由譬喻格簡化而成。在形式上，只見「花」字由名詞變為形容詞而已。

名詞疊字成形容詞的，像「堂堂皇皇」；或加「助詞」成形容詞的，像「井然」。此在「形式」上算是有了交代。動詞疊字也可以成形容詞，像「衝衝撞撞」。由疊字簡化而詞品不變的，像「衝撞」（如「衝撞的性格」）、「堂皇」（如「堂皇的建築」）。從表面上看，它們也只是兩個動詞（或兩個名詞）的組合，但實際是從疊字形式簡化而成的。

動詞轉為形容詞，最常見的是英語中稱為「分詞」(participle) 的例子。例如：

落花（落下的花）

此屬「現在分詞」的例子，因為「落」字是「不及物動詞」。

逐臣（被逐的臣子）

此屬「過去分詞」的例子，因為「逐」字是「及物動詞」。

上述兩種轉品在中文裏都沒有分別形式之交代。「落下的花」簡化成「落花」；「被逐的臣子」簡化成「逐臣」。——自外形看，都只是一個動詞轉作形容詞而已，內部異同未作表示。

㈢轉品為副詞的

蠶食（如蠶一般地吞食）

「蠶」字之義已擴展，表面上卻仍只是一個字，與原品（名詞）的形式無二。他如：

野戰（在野地戰鬥）

郊敗（在郊地打敗）

情形都相同。

動詞疊字成副詞之例，如「死」字本是動詞，「死死地」便為副詞。當「死死地纏繞」簡化成「死纏」，結果「死」字也像是由動詞逕轉成副詞的樣子。其實並不是直接轉變的結果。

乙、由省略甲級詞而成

這甲級詞是指「組合式合義複詞」的主體詞。其附加詞即稱乙級詞。省略甲級詞而由乙級詞全權代表，即屬此一類型的轉品。例如：

固若金湯

「金城」、「湯池」兩個組合式複詞，各省去其甲級詞「城」與「池」，只留「金」、「湯」兩個乙級詞。「金」與「湯」原作形容詞用，省略之餘，乃轉成名詞；而實際上它們仍是「金城」與「湯池」之義。又如：

縈青繚白

「青」、「白」二字是從「青山」、「白水」兩個詞省略甲級詞而來。

綠肥紅瘦

「綠」、「紅」二字是從「綠葉」、「紅花」兩個詞省略而來。此外像「鯽魚」省稱「鯽」，如「過江之鯽」；「歡心」省去「心」字，如「一日之歡」，均屬此類轉品。

丙、由詞義變遷而成

詞性與詞義關係密切。詞性的轉移，幾乎都可算是詞義的變化。不過變化程度有大小之分而已。依「文字學」條例，詞義變化之途徑有二：一是引申，二是假借。例如「白色」的「白」，本是形容詞；由之引申為「空白」之義，而後有「白費金錢」等副詞用法之出現。「頌」字本義「容貌」，是名詞。假借為「歌頌」之義，便成動詞。此等轉品都純然是由詞義的變遷而發展成的。

嚴格說，「假借義」不是由「本義」演變而來，故為例稍異於「引申」之理。例如「歌頌」之字本作「誦」(《周禮》注：「頌之言誦也。」)，與「頌」(容貌)為二字二義，互不相涉。後因假借之故，使二義並存於一個「頌」字：先是「容貌」(名詞)，後是「歌頌」(動詞)，自然便像是轉品之例了。

丁、由表現文法地位而成

如果說詞性的轉移都屬於詞義的變化，則此第四類型的轉品應是詞義變動最小的一種。例如：

君美甚，徐公何能及君也？（《戰國策・齊策》）

徐公不若君之美也。（《戰國策・齊策》）

二句中「美」字意義無殊，只因所在文法地位不同，前者屬形容詞，後者屬名詞。又如：

其為惑也終不解矣。（韓愈〈師說〉）

句讀之不知，惑之不解。（韓愈〈師說〉）

二句中「不解」之義實無分別，只因所在文法地位不同，前者為動詞，後者為名詞。

結語

詞類變化除修辭之目的外，本身原是語文活動的自然現象。詞類變化愈自由，語文中既有的字彙就愈能充分利用，而減緩字彙數量的成長。但詞類變化不是百益無一害的。由前文介紹的四類原理來看，「簡化」與「省略」居其半。而「簡化」及「省略」最易造成的弊病就是詞義晦昧，試看一例：

周道衰，孔子沒，火于秦，黃老于漢，佛于晉魏梁隋之間。（韓愈〈原道〉）

論其文法，「火」、「黃老」、「佛」等均作動詞。對熟知歷史的人而言，此文有簡潔的修辭藝術可觀；但對他人而言，可能就有不知所云之苦了。這是簡化「表意形式」所造成的結果。比較白話與文言，前者的詞類變化不如後者自由，然其表意的「明確性」亦不為後者所及，道理在此。「破音」及「加助詞」等方法，都是在詞品轉變時，用以補救「明確性」的措施。例如：

獨樂樂，與人樂樂，孰樂？（《孟子．梁惠王下》）

文中兩「樂」字，一為「音樂」之義（名詞），一為「快樂」之義（形容詞）。若不破音而讀之，必將妨害表意的明確性。再如：

截然不同

「截」本是動詞，今轉品為形容詞，故加助詞「然」，以示分別。

由此得一結論：運用轉品修辭，固可活潑文筆、調整節奏；但必使不流於晦昧，方為上品。

第十九講 拈 連

甲、雙主詞拈連
乙、雙受詞拈連
丙、體依拈連

前 言

每個事體都有適合用來述說它的述詞（亦稱謂語）。當述說甲事體時，不用甲述詞，而用乙述詞，在修辭學上稱為「轉化」（參看「轉化」一講）。若是運用甲述詞以述說甲事體的同時，連帶乙事體而述說之，在修辭學上就屬於「拈連」之法了。「拈連」云者，拈合兩事體而並述之的意思。試解析陳望道所舉的一個例子：

無言獨上西樓，月如鈎，寂寞梧桐深院鎖清秋。（李煜〈相見歡〉）

末句的主要述詞是「鎖」字——上下兼承了「深院」與「清秋」二事體。就一時的語文常態而言，「鎖」字原是適合「院」字的，今連帶「秋」字而並述之，就是拈合了「深院」與「清秋」兩事體的修辭技巧。

上文所說的「事體」，就文法而言，應可包括句子中的「主詞」與「受詞」兩者。「拈連」的對象與方式，尚有數種變化，下文即分類論述之。

甲、雙主詞拈連

兩個事體分別為兩個句子的主詞時，宜各有述詞以述說之。而今利用上一句的述詞，連帶述說下一句的主詞，就是「雙主詞拈連」了。例如：

水調數聲持酒聽，午睡醒來愁未醒。〈張先〈天仙子〉〉

「睡醒」與「愁醒」是兩個句子，同用「醒」字作動詞。「醒」字原屬上句主詞「睡」字的述說詞，此地連帶述說下句主詞「愁」字，是為「雙主詞拈連」。再看一例：

在兩個超級強國大聲爭吵時
在它們的數百顆核子彈
互相瞄準時
全人類都膽顫
連地球也心驚〈渡也〈浩劫後〉〉

末二句的述詞「膽顫」與「心驚」實是同義詞——原本用以述說前句主詞「人類」；而今連

帶述說後句主詞「地球」。平常「心驚」（或「膽顫」）一詞，適合用來述說「人類」，而不述說「地球」。如今是順勢拈連的結果。

乙、雙受詞拈連

所不同於「雙主詞拈連」的，只是拈連的對象由上下句的主詞，轉為上下句的受詞而已。例如：

> 山風吹亂了窗紙上的松痕，
> 吹不散我心頭的人影。（胡適〈秘魔崖月夜〉）

上下兩句動詞同用「吹」字；上句受詞是「松痕」，下句是「人影」。「吹亂松痕」是正句，「吹散人影」則是拈連而成的。再看一例：

> ……。蜃樓疊起歷史
> 危險得多麼美麗，拂去風沙，拂去時辰
> ……。（余光中〈史前魚〉）

動詞是「拂去」，受詞是「風沙」。——拈合的另一受詞是「時辰」。

丙、體依拈連

「體」、「依」二字是「喻體」與「喻依」二名的省稱。在譬喻格的句子裏，「喻體」與「喻依」就是兩個事體。當述說這兩事體的詞也採用「拈連」之法時，就成「體依拈連」了。例如：

不知細葉誰裁出，二月春風似剪刀。（賀知章〈詠柳〉）

從文法上著眼，上文權改作：

春風似剪刀，裁出細葉。

「春風」是喻體，「剪刀」是喻依，「裁」是動詞。——此一動詞原是配合「剪刀」而使用的，如今連帶「春風」而述說之，遂成一種拈連之格。再如：

人生如絮，飄零在此萬紫千紅的春天。（陳之藩〈失根的蘭花〉）

動詞「飄零」原是用以述說喻依「絮」字的，今順勢述說喻體「人生」，所以是「體依拈連」的例子。

上述二例中，「似」字、「如」字，都是喻詞。有時作品雖省略喻詞，而其實仍屬「體依拈連」的例子，如：

德讓本是解人，極力奉承，引得蕭后心花怒放。（《宋史通俗演義・第二十八回》）

末句動詞「放」字，原屬「花」字之所有；今連帶述說「心」字。「心」、「花」二字在此原是「喻體」與「喻依」的關係，不過中間省略「喻詞」而已。所以這仍屬「體依拈連」之例。

再如：

一隻苦瓜，不再是澀苦
一隻瓜從從容容在成熟
日磨月磋琢出深孕的清瑩
看莖鬚繚繞，葉掌撫抱（余光中〈白玉苦瓜〉）

末句動詞「撫抱」，原屬「掌」字的述詞，此地拈連「葉」字而用之。「葉」字與「掌」字也是「喻體」與「喻依」的關係，不過其間「喻詞」被省略而已。

結　語

並不是任何事體都可用同一述詞來拈合述說的。原則上，可以拈合的事體，必具有其共通點。當此一共通點呈現時，才是拈連的時機。每一個事體都具有多個面相；但在一時一地的語文習慣裏，它多數時候呈現某些面相，只在少數時候呈現其他面相。例如「睡」——這一事體，多數時候可用「醒」字來述說其面相；而「愁」——這一事體正好相反，只有少數時候可用「醒」字來述說其面相。當這兩個事體正好出現共同面相時，作者自然可連用同一述詞（如「醒」字）來述說。只因讀者一向習慣於多數（例如「睡醒」），不習慣於少數（例如「愁醒」），乍見「午睡醒來愁未醒」一句，自然心生驚愕。但緊接著因為領悟到「愁」這一事體的新鮮面（也就是「醒」字所述說的面相），便有一種會心的喜悅產生了。所以，從心理分析的觀點說，「拈連格」的修辭功能就在於造就讀者「驚喜」的情趣。

拈合的兩個事體，原則上是表現在雙句之中。例如「午睡醒、愁未醒」是雙句，「人類膽戰（心驚）、地球心驚（膽戰）」也是雙句。「心花怒放」雖是單句，但依其內涵，可理解為「心如花兒一般怒放」；再調整句法做「花兒怒放、心也怒放」，於是雙句的本質就顯現了。這兩個句子分開看時，一是常態結構，一是轉化結構。如「人類膽戰」是常態句，「地球心驚」是轉化句（參看「轉化格」）；這兩個句子合起來，就是拈連修辭，因為「膽戰（心驚）」一詞綰合了「人類」與「地球」兩個事體。準此而言，在「前言」中，陳望道所舉的例句：「梧桐深院鎖清秋」，主詞「深院」，動詞「鎖」，受詞「清秋」，乃是一個敘事單句，其中並無可以綰合的兩個句子，所以實際只能算是一個轉化修辭！

第二十講 示 現

前 言

進行「述說」之活動，總有些規範要守。說者藉此規範以傳達訊息，聽者循此規範以接收訊息。像「述說的觀點」，就是諸多應守的規範之一。好比一幅畫有一個觀點，那是畫家傳達訊息的角度，也是觀眾接收訊息的角度。故所謂「觀點」，可以說就是時間、空間、人事諸因素交集的一個點。而這些因素集合成的一個「訊息環境」，就統一在這一個點之下。說、寫、聽、讀，都把握了這一個點，訊息的溝通始為可能。一件作品如果出現兩個觀點，將會割裂其「訊息環境」而破壞作品的統一性。所以說：觀點的把握，乃是行文述說的規範之一。

且看一段文字：

梁中書問：「楊提轄何在？」眾人告道：……梁中書聽了大驚，罵道：「這賊配軍！你是犯罪的囚徒，我一力抬舉你成人，怎敢做這等不仁忘恩的事？我若拿住他時，碎屍萬段。」（陳望道《修辭學》引《水滸傳》）

梁中書的述說中，出現了「我」、「你」、「他」三個指稱詞。以梁中書為「我」而言，「你」、「他」應分別指另外二人；但原文實際是同指一人——楊提轄。這種不守統一觀點的行文方式，的確可能導致讀者的誤解。但行文之方式，原是文學藝術的工具。工具的樣式，應依目的而定。所以一種行文的方式，只要能達成「傳達訊息」的目的，就應被接受。上文「梁中書」的述說之所以轉變觀點，乃是迫於一種遽發的情緒——恨不得追到楊提轄（他）跟前，當面痛責一頓。在這一個「當面」的強烈需求下，使「他」（第三人）轉變成「你」（第二人）。藝術原無不變的規則，而「示現格」正是屬於這種變格運用的修辭技術——它始於述說者的強烈需求，使述說的觀點突然由遠而近。終於造就讀者的「臨場感」。

再看一例：

閒夢遠，南國正芳春：船上管絃江面綠，滿城飛絮混輕塵，忙殺看花人。（李煜〈望江南〉）

李後主遙想故國，像「滿城飛絮」的描述，倒是江南春天的普遍印象。但如「忙殺看花人」這樣的描寫，就幾乎是一個特定的具體事件。「概括的印象」與「特定的事件」，是屬不同的觀點。後者恰似攝影藝術中的特寫技巧，能使觀者產生迫近的感覺。這是「示現格」的另一種運用，本篇稱之為「特寫的示現」。而前述「梁中書」一類的技巧，本篇稱之為「呼告的示現」。其名義及原理，分別再舉例說明於後。

甲、特寫的示現

述說「概括的揣想」，與述說「特定的事件」，在心理印象上，前者抽象而模糊，後者具體而清晰。這是兩種不同的觀點。作品述說的觀點若由前者轉而為後者，就是「特寫的示現」。例如：

荊軻曰：「願得將軍之首以獻秦王。秦王必喜而善見臣。臣左手把其袖，右手揕其胸！然則將軍之仇報，而燕國見陵之恥除矣。」（《戰國策‧燕策》）

「刺殺秦王」是荊軻的計畫及揣想。屬於這一觀點的述說方式，原應帶有某一程度的概括性。但「左手把其袖，右手揕其胸」二句，乃係一特定的述描——好像事件確已發生，可以如實描繪一般。似此由「概括述說」的觀點，轉為「特定述說」的觀點，自然不是一般寫作的常規。其得以成立，實由述說者激越之情有不能已者。而聽者也因而得到一種清晰的臨場印象。

乙、呼告的示現

以述說者為第一人，聽者為第二人，而被述說之對象（人或物）為第三人。則所謂「呼告的示現」，實又分二款：一曰「呼告第二人」，二曰「呼告第三人」。「呼告」始於情不自禁，終於「示現」的形成。下文分別說明：

㈠呼告第二人

如果以作者為第一人，則讀者就是第二人。所謂「呼告第二人」就是作者對讀者的呼告。本來讀者是作品以外的人，因作者的呼告而進入作品之中，乃成就「示現」的效果。例如：

燕子去了，有再來的時候；楊柳枯了，有再青的時候；桃花謝了，有再開的時候。但是，聰明的，你告訴我，我們的日子為什麼一去不復返呢？（朱自清〈匆匆〉）

「聰明的你」本是局外人——即觀賞作品的讀者。經作者召喚，便進入作品之中了。在古典文學作品中，諸如「君不見」、「豈不聞」、「看官且住」等等，都是作者呼告讀者的慣用語。

一般作品採用此種「呼告」，總是偶一為之。但也有些文學作品是刻意全篇使用的：遠者如李白的〈將進酒〉，近者如徐志摩的〈我所知道的康橋〉。在其間，讀者（第二人）與作者（第一人）是長相終始的。

有些應用文體，如書信、文誥等，基本上就是以第一人對第二人述說而寫成的。這種作法雖類似於「呼告的示現」，但因全篇固定一個觀點，沒有變化的餘地，所以不屬於修辭活動的範圍。

㈡呼告第三人

如果以作者為第一人，則作品中的人或物，只是被作者述說的對象，應屬第三人。但若作者轉換述說的觀點而呼告作品中的人物時，這第三人就變成第二人了。例如：

迨夫民國成立之後，則建設之責任當為國民所共負矣。然七年以來，猶未睹建設事業之進行……。「國民！國民！究成何心？不能乎？不知乎？」（孫文〈心理建設自序〉）

文中之「國民」原屬第三人，下文突變而為第二人——成為作者呼告的對象。易言之，作者本是作品的述說者，他忽然進入作品之中，與作品中人對面而立。這種觀點的變換，也是一種「呼告的示現」。但屬於這種示現法的第一人，不必然是作者。比如篇首所舉的「梁中書」一例，其第一人乃是作品中人（即梁中書本人），而非該書之作者（指《水滸》作者施耐庵）。至於其第三人——梁中書的述說對象——當然就是「楊提轄」了。

結　語

由上文所論可知：示現的原理乃在「觀點」的變換。而就一般寫作規範來說，變換觀點，實屬破格。但在非常的時機裏，此種破格法竟成為別無選擇的途徑。所以陳望道說：「示現格是一種超絕時地、超絕實在的非常辭格。」其所謂「超絕」，當即本篇所指「觀點變換」的意義。至於這種非常修辭格的緣起，陳望道說是：「因為（述說者）當時的意象極強（按：即所謂『情不自禁』），並不計較這等實際間隔（按：即謂『觀點』）；也許雖然計及，仍不願受它拘束。」因為一受拘束，作品生命即被斲傷。

又陳望道所說：「把實際不見不聞的事物，說得如見如聞」，指的就是本篇所說的「特寫的示現」。而本篇所說的「呼告的示現」，實包含兩款：一是述說者（通常即指作者）呼告第二人（通常即指讀者）；二是述說者（不限於作者）呼告第三人（通常是作品中人或物）。一般修辭學者，單獨將前一款訂名為「示現呼告」，而列於「呼告格」之中。然不論是「呼告第二人」或「呼告第三人」，自「觀點變換」的原理上看，原無二致，故本篇合併列入示現格中。此外，一般論「呼告格」者，別有「比擬呼告」（或稱「人化呼告」）一小類。然在藝術的直覺中，呼告人與呼告物，並沒什麼區別。本篇乃一併收入示現格中了。

第二十一講 象徵

甲、特性

㈠表現性

㈡歧義性

乙、材料

㈠事物的

㈡徽誌的

丙、名義

㈠代表

㈡暗示

㈢雙關

㈣譬喻

㈤代替

前言

對一件事物的概念，應包括該事物所表出的性質，及其所以表出的憑藉。前者稱為「屬性」，後者稱為「實體」。此一解析，純屬觀念性的活動；在現實世界裏，實體與屬性並不分離。

「象徵」一詞從字面上說，應是「以有象表無象」之義。以常識觀點而言：「有象」就是「具象」，「無象」就是「抽象」。舉例說：

鴛鴦，象徵愛情。

「鴛鴦」悠游池畔，人視覺之所能及，所以它是具象事物；「愛情」則屬抽象性質——人可以理解，不能感覺。但「愛情」原是「鴛鴦」所表出的屬性，由此而言，現實中存在的每一件事物，其實都是其自身所具之屬性的具象化。而此一具象事物，對於該抽象屬性，就是一種「象徵」的關係。換言之，每一件事物都有資格象徵它自身所具的屬性。這就是前文所說的「以有象表無象」之義。

「屬性」實際不離「實體」而自存。人們運用想像力將二者分離，然後「屬性」的無限性便顯露出來了。事物是有限的、特殊的；屬性是無限的、普遍的。於此我們又發現了「象徵」的另一層意義，那就是「以有限表無限」（或說「以特殊表普遍」）之義。

「鴛鴦」是一有限事物，「愛情」是一無限性質。歸屬此一性質之下的事物，不是只有「鴛鴦」一件而已。但畢竟此一無限性質乃是由此一有限個體所指點，因此我們不得不承認：鴛鴦雖屬有限事物，卻具有「指點無限」的性能。而這性能正是一個具象事物所以能表達抽象性質的原理所在。下文專就象徵格的「特性」、「材料」、「名義」三方面，分別論述。

甲、特性

(一)表現性

藝術創作重「表現」而輕「述說」。「愛情」一觀念，用兩個字傳達，是屬於抽象的述說。如果將此一觀念交由「鴛鴦」一物代為傳達，則不但提供了較豐富的感性，且留下一個認知的空間，讓讀者心靈去自由活動、自行領會。這就是「象徵」的「表現性」。試看下面一段文字：

> 夏丏尊先生將一方炸彈碎片拾回供在案頭，原是以一種沈痛的心情，把它當做含有血腥氣味的歷史遺蹟。（鍾梅音〈煤渣盆景〉）

「含有血腥氣味的歷史遺蹟」，是「一方炸彈碎片供在案頭」所象徵的意義。夏丏尊先生之所為，是一次「表現」；本文作者的解釋，是一次「述說」。面對「述說」，讀者只能接受作者的直接指示；面對「表現」，讀者才有機會自由揣摩、自行理會。

㈡歧義性

「橫看成嶺側成峰」，一件事物所具的屬性原是多層面的，所以當它被取作象徵的材料時，便有出現「多解」的可能。這就是「象徵」的「歧義性」。歧義性畢竟是傳達時的一種障礙，所以在現實的場合裏，便出現種種約定俗成的象徵法——即將一種意義交由一種固定的事物來象徵。例如以「鴿子」象徵「和平」、以「獅子」象徵「勇猛」等。如此便可避免歧義的發生。這種俗成的象徵法，在傳達的效果上，是既確定又迅速了。然而正因如此，讀者心靈自由活動的機會被剝奪了，而藝術的興味也就趨近於零了。由此觀之，藝術上的象徵活動勢不能止於約定俗成的方式，而必須繼續發掘與創造。至於伴隨而來的歧義性，通常是由作品的內容旨意來約制。這就有賴作家的經營與佈置了。例如有篇小說，名為〈黑衣〉（作者：王文興）。在未讀該小說內容之前，「黑衣」一名所可象徵的意義，容有多種。在讀完該作品之後，則「黑衣」一名所象徵的意義，大致便限制在「醜惡」、「虛偽」等概念之下了。

乙、材料

最原始而簡單的象徵法，是取材於自然存在的物件。較進步而複雜的，就取材於人事百態。此外，為了方便，人們也設計各式徽誌來使用。茲分「事物的」、「徽誌的」兩方面說明：

㈠事物的

觀察生活環境中的事物，心有別會，取來當做某種意義的表現方式，就是「事物象徵法」。試看一段文字：

她不是籠子裏的鳥。籠子裏的鳥，開了籠，還會飛出來。她是綉在屏風上的鳥——悒鬱的紫色緞子屏風上，織金雲朵裏的一只白鳥。年深月久了，羽毛暗了，霉了，給蟲蛀了，死也還死在屏風上。（張愛玲〈茉莉香片〉）

若以「太陽」象徵「光明」，既原始而簡單。若以「籠中鳥」象徵「失自由」，就比較進步些。前文以「綉在屏風上的鳥」象徵「精神上的殘廢」（見原作），意義便更複雜了。總之，都是取材於周遭實存的事物。再看一例：

阿月已很疲倦，拍著孩子睡著了。……我望著菜油燈燈盞裏兩根燈草心，緊緊靠在一起，一同吸著油，燃出一朵燈花，無論多麼微小，也是一朵完整的燈花。（琦君〈一對金手鐲〉）

這一段「菜油燈」的描述，極具象徵意味。要比較起前面的例子，就更不是三言兩語所能說明白的了。

㈡徽誌的

自然事物不敷使用時，人們設計圖案以為象徵之法。例如以「青天白日」象徵「自由、平等」，以「十」字象徵「救難精神」。還有舞臺上使用的各式臉譜——象徵人物性格等等。這些人為的徽誌，並非先天的具有「象徵」的性能，乃是人所約定賦予的。這種象徵法的運用，簡便而確定。但日久則僵化而失卻藝術的興味。

丙、名義

一個較具深度的概念，本即非眾人所易理解。代表此一概念的名詞，一旦被眾人所歡迎，常生濫用的結果。於是它所表示的概念，不再是原來的概念；而多半為另一個通俗而形似的概念所取代。「象徵」一名即有此累。下文特將此等通俗概念提出，作一比較，以確立「象徵」一詞之名義。

㈠代表

「大會代表」、「民意代表」，是指代表群體行使權力的人。局部人員的行為，得視為全體人員的行為，此種關係就是一種「代表」的關係。舞臺上的演出，選定一種表情、動作，以為該類表情、動作的「代表」，也是一樣的道理。如果說「象徵」活動是從具象到抽象——是跨越兩個世界的活動；那麼「代表」便只是發生在同一世界的活動而已。這是兩者不同之處。用邏輯術語來說，一個概念之外延中的任一分子，都可作為其餘分子的「代表」；而「象徵」則是指：一個外延分子與其所負載的內容（或稱「內包」）之間的關係。

㈡暗示

「暗示」與「象徵」二義，也有某一程度的異同。我們可以這樣說：「象徵」的活動，多少含有一定程度的暗示；但「暗示」的活動則不必含有象徵性。凡是做「不完全的表達」，並同時強調此一表達的存在者，便屬「暗示」的手法。例如〈項羽本紀〉載：

項王即日因留沛公與飲。項王、項伯東嚮坐，亞父南嚮坐。亞父者，范增也。沛公北嚮坐，張良西嚮侍。范增數目項王，舉所佩玉玦以示之者三。項王默然不應。

鴻門宴中，范增暗示項羽殺劉邦。一個眼神、一個舉動，都是傳達訊息的方式。但因不是尋常而完整的表意方法，所以給予對方突兀的印象。而這種印象乃是「暗示」法的特色。不突兀，就不能引起對方的注意，因而不能達成「暗示」的目的。總之，這種傳達方式不是「象徵」之法。

㈢雙關

總為浮雲能蔽日，長安不見使人愁。（李白〈登金陵鳳凰臺〉）

詩寫「浮雲蔽日」，弦外之音在於「小人充君側」。此種修辭技巧屬於「雙關格」——一語二義，一顯一隱。作者本意隱藏在文字背後，得「言之無罪，聞之足戒」之趣味。就其「言在此，意在彼」一點而論，極似象徵之法；但就其「以一事兼代另一事」而言，便與象徵（以具體事物表抽象意義）之法不同了。

㈣譬喻

「象徵」與「被象徵」，是「具象」與「抽象」的關係，屬於不同的兩個層次。但「喻依」與「喻體」，理應屬於同一層次。所以「譬喻」與「象徵」不同。試看一段文字：

惠特曼，你民主的詩人，

二十世紀需要你雄壯的歌聲！
這民主的暗夜的二十世紀，
當自由女神那微弱的火光，
已經照不到大半個地球，
照不到受難者臉上的痛苦和絕望。（余光中〈給惠特曼〉）

如果論「譬喻」，則上文中：女神譬喻惠特曼。如果論「象徵」，則：女神象徵自由民主。「自由民主」屬於抽象層次的意義；「女神」與「惠特曼」則同屬具象層次的事物。如此可以分辨「象徵」與「譬喻」的不同了。

典型的譬喻是以近譬遠、以顯譬隱，以達曉喻之目的。在此種印象中，人們遂產生一種錯覺，以為譬喻格更有以「具象」譬「抽象」的功能。其實，具象與抽象是相對的兩個世界，彼此是不能相喻互譬的。舉個例說：

君子之交淡若水（《莊子．山木》）

以「水」譬喻「交情」：「交情」是一種抽象的意義，以「水」相喻，取的是「水之性」，而非「水之體」，所以二者同屬於抽象的層次。「君子之交情，如同水性之淡然」——喻體與喻依並屬抽象的意義。不過平常言語行文之際，人們未必作如此仔細之交代罷了。

此外，譬喻之旨顯，象徵之旨隱。「譬喻」云者，取譬以喻之謂也。因此譬喻格乃有「喻詞」之使用，一則以連繫「喻體」與「喻依」，再則以表明體、依之間的主客關係。雖然「喻詞」在實際運用上也有隱、顯的種種變化，但它那個「取譬相喻」的企圖，則始終顯然。所以如果說「象徵」是種「表現的手法」，則「譬喻」便是一種「解說的技術」。

㈤代替

人們有時說「國旗象徵國家」，又有時說「國旗代表國家」。依本篇之見，說「象徵國家」時，是指旗面圖案內容所象徵的立國精神而言；說「代表國家」時，則只是視旗子為一種識別的標記而言，猶之如個人的名字、身分號碼一般。後面這個意義，嚴格說來也不是「代表」，只是「代替」而已。其他如古代中國的「龍」，應該說是：「至高無上的權力象徵」，也可說是：「天子的代號」。不過平常人言語用心未必如此細密，所以「代表」、「代替」、「象徵」、「表徵」一干形似的語詞，乃被當作同義詞而隨意取用。輾轉授受之後，語言市場即呈一片混亂的局面。

結 語

語言是公器，具有約定俗成的特性。所以我們很難去規定人們必須如何講話。但語言背後所要傳達的種種觀念，則不能容許混淆存在。例如「象徵」與「代表」兩個詞彙如何分別使用，我們儘可不計較；但它們在本篇中所指的那兩個觀念，則是分際畫然，不容絲毫混淆的。

第二十二講 具現

甲、人物的心態

㈠言語

1. 獨白

2. 對白

㈡儀表

1. 儀容

2. 表情

㈢行動

1. 直筆

2. 伏筆

3. 象徵

乙、事象的程度

㈠相差為比

1. 明比
2. 暗比

㈡相等為比

1. 明比
2. 暗比

前言

《史記．項羽本紀》：

項羽兵四十萬，在新豐鴻門；沛公兵十萬，在霸上。范增說項羽曰：「沛公居山東時，貪財貨，好美姬。今入關，財物無所取，婦女無所幸。此其志不在小……」

呈現在眼前的事象，必有其所以然之理。沛公居山東時，「貪財貨、好美姬」；而入關後，「財物無所取、婦女無所幸」。針對此一現象，范增的解釋是：「此其志不在小」——意思是說：當一個人具有高遠的志趣時，就不再關注眼前的享樂了。由此而言，個人的外在行為，乃是其內在心思的發表。「心思」是抽象無形的，而「行為」是具體可見的。因此，描述一個人的外在行為，即可藉以傳達那人的內心世界。如此運用具體的方式，來表現抽象的意義的技巧，就是本篇所論的「具現」修辭法。

一個人的心理，固然可以用「說明」的方式來傳達。但「說明」的方式，不但是抽象的，而且對讀者的領會而言，也是強迫的。若改用具體表現的方法，讀者的領會將由「被迫」轉為「自發」，因而可有一種自主自在的快樂。所以自藝術的觀點而論，「表現」是比「說明」更具藝術性的傳達方式。前面《史記》，就是運用具體表現的技巧，傳達了人物的心態之例。

「具現格」除可用來表現人物的心態之外，還可用來表現事象的程度。試看一段文字：

她摸索著腕上的翠玉鐲子，徐徐將那個鐲子順著骨瘦如柴的手臂往上推，一直推到腋下。她自己也不能相信她年青的時候有過滾圓的胳膊。就連出了嫁之後幾年，鐲子裏只塞得進一條洋縐手帕。（張愛玲〈金鎖記〉）

「出了嫁之後幾年，鐲子裏只塞得進一條洋縐手帕」，是一段具體的描述；如今，「徐徐將那個鐲子順著骨瘦如柴的手臂往上推，一直推到腋下」，也是一段具體的描述。前後相較，她胳膊的肥瘦，即能予人相當真實而明確的印象。這就是運用「具現格」來傳達事象的「程度」的例子。

下文即從「人物的心態」與「事象的程度」兩個方向，分類論述「具現」修辭的技術。

甲、人物的心態

屬於人外在的行為，有「言語」、「儀表」、「行為」三項。文學作品之中常藉這三個管道來表現人物內心的世界。分別說明之：

(一)言語

個人的言語常可具有兩層意義：一層是言語之內容所直接傳達的意義，另一層是言語之方式所間接透露的訊息。後者乃是說話者之風格與心態之具現，因而也是本修辭格的課題之一。文學作品之中，「言語」的運用，有「獨白」、「對白」二式。分別舉例：

1. 獨白：

> 夫差行成，曰：「寡人之師徒不足以辱君矣！請以金玉子女賂君之辱。」句踐對曰：「昔天以越予吳而吳不受；今天以吳予越，越可以無聽天之命而聽君之令乎？吾請達王甬句東，吾與君為二君乎？」（《國語・越語》）

吳、越是敵對之國，有吳則無越，所以越國終須滅吳。但勝國講話的方式，並不是非如句踐那樣不可。句踐的言語方式是：尖酸苛薄、嘲諷侮弄。——這正是他的器度與性情的流露。一人之言語，單獨即足具現該人物之心態者，就是「獨白」之例。再如：

> 不覺到了六月盡頭。這些同案的人約范進去鄉試。范進因沒有盤費，走去同丈人商議。被胡屠戶一口啐在臉上，罵了一個狗血噴頭道：「不要失了你的時候了。你自覺得中了一個相公，就癩蝦蟆想吃天鵝屁。我聽人家說，就是中相公時，也不是你的文章；還是宗師看見你老，不過意，捨與你的。如今痴心就想中老爺來。這些中老爺的都是天上的文曲星。你不看見城裏張府上那些老爺，都有萬貫家私，一個個方面大耳。像

你這尖嘴猴腮，也該撒泡尿自己照照……」（《儒林外史・第三回》）

教訓人的方式很多，上述這一種，流露了說話者「粗鄙苛虐」的性情。作者不直接說明，而藉其人言語的方式來表現，就是一種「具現」的手法。

2. 對白：

晉侯賞從亡者，介之推不言祿，祿亦弗及。推曰：「獻公之子九人，唯君在矣。惠懷無親，外內棄之。天未絕晉，必將有主。主晉祀者，非君而誰？天實置之，而二三子以為己力，不亦誣乎？竊人之財，猶謂之盜；況貪天之功以為己力乎？下義其罪，上賞其姦。上下相蒙，難與處矣。」其母曰：「盍亦求之？以死誰懟？」對曰：「尤而效之，罪又甚焉。且出怨言，不食其食。」其母曰：「亦使知之，若何？」對曰：「言，身之文也。身將隱，焉用文之？──是求顯也。」其母曰：「能如是乎？與汝偕隱。」（《左傳・僖公二十四年》）

介之推之母，前後的應對，具現了「隨和質樸」的傳統女德。這是在二人對白之下，才造就的旨趣。再看一例：

馮諼曰：「君云視吾家所寡有者。臣竊計：君宮中積珍寶，狗馬實外廄，美人充下陳。君家所寡有者以義耳。……臣竊矯君命，以責賜諸民。因燒其券，民稱萬歲。──乃臣所以為君市義也。」孟嘗君不悅曰：「諾！先生休矣。」（《戰國策・齊策》）

孟嘗君的回應，具現了其人的修養。但必須會合馮諼的話，此義才顯。這就是「對白」之例。

㈡儀表

誠於中而形於外。儀容與表情，也是具現人物內心世界的管道之一。分別舉例：

1. 儀容：

予受學城南時，見孟霖言：越有狂生，當天大雪，赤足上潛嶽峰，四顧大呼……及入城，戴大帽如簁，穿曳地袍。翩翩行，兩袂軒翥，譁笑溢市中。（宋濂〈王冕傳〉）

這是描寫穿戴的怪異，藉以具現人物性格的例子。再如：

時座上有健啖客，貌甚寢。右脅夾大鐵椎，重四十斤。飲食、拱揖，不暫去。柄鐵摺疊，環複如鎖上鍊，引之長丈許。與人罕言語，語類楚聲。問其鄉及姓字，皆不答。（魏禧〈大鐵椎傳〉）

此寫儀態舉止，以具現角色的神秘性格。

2. 表情：

太子曰：「願因先生得結交於荊軻，可乎？」田光曰：「諾！」即起，趨出。太子送至門，戒曰：「丹所報、先生所言者，國之大事也，願先生勿泄也。」田光俛而笑，曰：「諾。」（《史記．刺客列傳》）

面對嚴肅的告戒，田光卻報之以微笑。此表情所具現的意義，實耐人尋味。再如：

八月戊午，堅遣陽平公融，督張蚝、慕容垂等步騎二十五萬為先鋒；以兗州刺史姚萇為龍驤將軍，督益、梁諸軍事。堅謂萇曰：「昔朕以龍驤建業，未嘗輕以授人。卿其

勉之。」左將軍竇衝曰：「王者無戲言，此不祥之徵也。」堅默然。（《資治通鑑・肥水之戰》）

這「默然」的表情，當然也傳達了一定的心思。

㈢行動

「行動」既是個人思想與感情的延伸，所以描寫人物的「行動」，也可以傳達人物的內心世界。這種具現技巧，有三種款式可供選用：

1. 直筆：

一個「行動」所代表的意義，隨文即可以判斷時，此種描寫法稱為「直筆具現」。例如：

夏四月辛巳，敗秦師於殽，獲百里孟明視、西乞術、白乙丙以歸。……文嬴請三帥，曰：「彼實構吾二君，寡君若得而食之，不厭！君何辱討焉？使歸就戮於秦，以逞寡君之志，若何？」公許之。先軫朝，問秦囚，公曰：「夫人請之，吾舍之矣。」先軫怒曰：「武夫力而拘諸原，婦人暫而免諸國。墮軍實而長寇讎，亡無日矣。」不顧而唾。公使陽處父追之……（《左傳・僖公三十三年》）

先釋秦囚，既又使人追之。所具現的人物心理是：感情與理智相矛盾。再如：

其（柳宗元）召至京師而復為刺史也，中山劉夢得禹錫亦在遣中，當詣播州。子厚泣曰：「播州非人所居，而夢得親在堂。吾不忍夢得之窮，無辭以白其大人。且萬無母子俱往理。」請於朝，將拜疏，願以柳易播。雖重得罪，死不恨。（韓愈〈柳子厚墓誌

銘〉）

文中記述柳子厚的「行動」，旨在表現「士窮乃見節義」的德性。筆到意隨，故稱「直筆」。

2. 伏筆：

先前的「行動」，需待後文始能確定其意義者，此種具現的技巧，稱為「伏筆具現」。例如：

荊軻嘗遊，過榆次，與蓋聶論劍，蓋聶怒而目之。荊軻出，人或言召荊軻……使使往之主人，荊軻則已駕而去榆次矣。……荊軻遊於邯鄲，魯句踐與荊軻博，爭道。魯句踐怒而叱之。荊軻嘿而逃去，遂不復會。（《史記・刺客列傳》）

依常識而論，「逃」的行動代表「怯懦」。荊軻曾一逃於蓋聶，再逃於魯句踐；但卒為刺秦王的英雄。所以他的「逃」，殆不可以常識解。〈刺客列傳〉後文又載：

魯句踐（按：或疑為蓋聶）已聞荊軻之刺秦王，私曰：「嗟乎，惜哉！其不講於刺劍之術也。甚矣，吾不知人也！曩者吾叱之，彼乃以我為非人也。」

依魯句踐的慨嘆可見：荊軻的「逃」，不是怯懦，而是所遇非人。再看一例：

淮陰屠中少年有侮信者，曰：「若雖長大，好帶刀劍，中情怯耳。」眾辱之曰：「信能死，刺我！不能死，出我袴下！」於是信熟視之，俛出袴下，蒲伏。一市人皆笑信，以為怯。（《史記・淮陰侯列傳》）

此與荊軻故事相彷彿。所以同篇後文又載：

漢五年正月，徙齊王信為楚王，都下邳。信至國……召辱己之少年——令出袴下者——以為楚中尉。告諸將相曰：「此壯士也。方辱我時，我寧不能殺之邪？殺之無名，故忍而就於此。」

同一「行動」可代表的意義不限一種。作者所描述的「行動」若不能以常識解，則必另佈線索供讀者會勘，以調整讀者的認知。此種具現技巧稱為「伏筆」。

3. 象徵：

一個「行動」所代表的意義，不從正面呈現，而由側面顯示者，此種描寫法稱為「象徵具現」。讀者必須依循上下文的發展而旁敲側擊之，始能判定作品的含意。例如：

沛公已去，間至軍中。張良入謝曰：「沛公不勝桮杓，不能辭，謹使臣張良奉白璧一雙，再拜獻於大王足下；玉斗一雙，再拜奉於大將軍足下。」項王曰：「沛公安在？」良曰：「聞大王有意督過之，脫身獨去，已至軍矣。」項王則受璧，置之坐上。亞父受玉斗，置之地，拔劍撞而破之……（《史記‧項羽本紀》）

此「拔劍破玉斗」的行動，應從「象徵」的角度去推敲，它才能呈現多重的意義。再看一例：

雲知賀蘭終無為雲出師意，即馳去。將出城，抽矢射佛寺浮屠，矢著其甎半箭。曰：「吾歸破賊，必滅賀蘭！此矢所以志也。」（韓愈〈張中丞傳後敘〉）

抽矢射浮屠，只是留個標記而已，本身並不能呈現任何意義。必須推敲上下文，此一行動才能顯示意義。這種具現技巧，就是運用「象徵」的原理。

乙、事象的程度

要表達事象的「程度」，簡便的方法就是利用數據、直接說明。至於具體的表現，莫如訴諸「實物比較」的技術。那就是選用一實物作基準，來與主體相比觀，藉以托現主體事象的「程度」。這種原理的應用，有兩種技術：一曰「相差為比」，二曰「相等為比」。分別說明：

(一)相差為比

取眾所熟知的事象來相比，以顯現主體事象的「差距」，而造就讀者對此事象的「程度觀」。此法在行文技巧上，有明、暗二款。分別舉例：

1. 明比：

使負棟之柱多於南畝之農夫，架梁之椽多於機上之工女；釘頭磷磷，多於在庾之粟粒；瓦縫參差，多於周身之帛縷；直欄橫檻，多於九土之城郭；管絃嘔啞，多於市人之言語。（杜牧〈阿房宮賦〉）

「甲多於乙」；既知「乙」，則由「差距」可以推知「甲」。這就是藉「相差比較」以具現事象之程度的方法。再如：

若是家門口這些做田的、扒糞的，不過是平頭百姓。你若同他拱手作揖，平起平坐，這就壞了學校規矩。連我臉上都無光了。（《儒林外史・第三回》）

「做田的」、「扒糞的」，是一種階層；「你」的階層比他們高些——如此相較，「你」的社會地位就給人具體的印象了。

2. 暗比：

他悄悄地走近老人。老人猛一抬頭：「呀！你什麼時候回來的？」「剛剛到。」說著就走進屋子裏面。老人放下手上的東西，想跟到裏面；但是從他想站起來，到他伸直腰，還有一段夠他說幾句話的時間。（黃春明〈魚〉）

後兩句藉「說話之速度」為比，具體地暗示了「老人」動作之緩慢。

㈡相等為比

取一個已具現了「程度」的事象來相比，則主體事象的「程度」自然一齊具現。主客相當，其間沒有差距，故稱「相等為比」。此法在行文技巧上，也有明、暗二款。分別舉例：

1. 明比：

將軍魚游於沸鼎之中，燕巢於飛幕之上。（丘遲〈與陳伯之書〉）

「魚游於沸鼎之中」、「燕巢於飛幕之上」，此二事象均已具現了一種「危險的程度」；取為相比，則主體事象——將軍的危險程度——自然隨之具現了。再如：

明星熒熒，開妝鏡也；綠雲擾擾，梳曉鬟也；渭流漲膩，棄脂水也；烟斜霧橫，焚椒蘭也；雷霆乍驚，宮車過也。（杜牧〈阿房宮賦〉）

一連串的比方，兩句一單位，都是客句在上，主句在下。因為客句能給人一種「程度」的印象，取相為比的結果，主體事象的「程度」就一齊具現了。

2. 暗比：

林沖聽了，大驚道：「這三十歲的正是陸虞侯。那潑賤賊，敢來這裏害我。休要撞著我，只教他骨肉為泥！」（《水滸傳・第十回》）

「教他骨肉為泥」實際是客體事象；「林沖的憤恨」才是主體事象。前者自具一種「程度」觀，被借來比方後者；後者的「程度」也就相應具現了。因為後者（主體事象）不見明文，所以稱為「暗比」。再舉一例：

當阿蒼拍拍沾滿油污和鐵銹的手，想上車的時候，他突然發現魚掉了。掛在把軸上的，只剩下空空的野芋葉子。阿蒼急忙地返頭，在兩公里外的路上，終於發現被卡車輾壓在地上的一張糊了的魚的圖案。（黃春明〈魚〉）

「圖案」不是主體事象。它只是被借來比方「壓扁的程度」而已。——後者才是主體事象。

結語

「譬喻格」的功用很多，如本篇所論的「相等為比」就是譬喻格的一種應用。「具現格」可以表現「程度觀」，而「誇飾格」也是一種表現「程度」的修辭法。所不同者：誇飾格務求「言過其實」；而具現格只求「恰如其分」而已。此其分際。

第二十三講 添插

甲、匯入
乙、衍出
丙、夾注
丁、追補
戊、預遮

前言

單線的思想活動，就像演繹邏輯一般——前後命題相銜不斷，一念到底。但是人們的思想，往往不作單線的活動。所以寫作文章時，就不免於一路添補、穿插。目的只是要使雜多的意見，無遺漏地傳達給人。因為添補，因為穿插，所以必然造成既有文勢之暫輟。然而添插的結果，也必然使作品羽毛豐滿、枝葉茂盛。語曰：「河海不擇細流，故能成其大。」就是這個道理。此種修辭技術，本篇即稱之為「添插」。添插格出現之際，原本的文勢必然暫輟。這是本修辭法的形式特徵。下文依添插之內容性質，分類論述。

甲、匯入

中途插入的文字，乍看似與上文無涉；但終於能與原來的文意匯合成流——就像支流之入於主流一般，故稱為「匯入」。例如：

子房不忍忿忿之心，以匹夫之力而逞於一擊之間。當此之時，子房之不死者，其間不能容髮，蓋亦危矣。千金之子不死於盜賊，何者？其身可愛而盜賊之不足以死也。子房以蓋世之材，不為伊尹、太公之謀，而特出於荊軻、聶政之計，以僥倖於不死。此圯上之老人所為深惜者也。（蘇軾〈留侯論〉）

「千金之子……不足以死也」一節，是匯入的文字。初看似與原話題無關，致使文勢暫輟。而後終於與全文主體合流。再看一例：

兒子到了二十歲，真不像兒子，卻像一個朋友。過了四十歲的男子，有一種蕭瑟之感，有時喜歡和大一些的兒子談談心。羅斯福出國總要帶他的兒子在身邊，大約是這種心理吧？（思果〈別離〉）

「羅斯福」一事是匯入的話題。匯入之初，總似突如其來；其實仍是由作者的聯想而得來，所以並不是真正的題外話。

乙、衍 出

「匯入」的文字由外入，而「衍出」的文字則是由內出——就是從主體文意衍生而出的新話題。這仍然會使主體文意的進展，暫告中輟。例如：

分了家，有自己的主房，情況改善了很多；可是年年腳痛依然，它已成為終身的痼疾。儘管在那一方陽光裏，暖流洋溢，母親仍然不時皺起眉頭，咬一咬牙。當刺繡刺破手指的時候，她有這樣的表情。母親常常刺破手指。正在繡製的枕頭上面，星星點點有些血痕。繡好了第一件事是把這些多餘的顏色洗掉。不刺繡的時候，母親也會暗中咬牙，因為凍傷的地方會突然一陣刺骨難禁。（王鼎鈞〈一方陽光〉）

主體在描述「母親的腳疾」。然後由「疼痛咬牙」聯想起「刺繡」的話題——這就是「衍出」。一直到末段「不刺繡的時候」，才又回歸本題。再如：

包可華衣著隨便，忽略儀容，像個「中國名士」，總喜歡把妨礙胖子呼吸的領帶鬆開，讓它掛在兩肩之間像一條項鍊（其實他應該選擇「也有領帶，可是並不勒緊脖子」的水兵制服）。他的模樣兒，給人一個「在報館工作的人都體會得到」的「剛從編輯部衝

出來的資深編輯」的印象。(子敏〈何凡「譯」包可華〉)

文中括號裏的文字，就是「衍出」的話題。作者自覺其上下文勢的不連貫，特以括號安置之。適度的「衍出」，可以豐富作品的內容。但終需回歸本題，才合主客本末之道。「他的模樣兒」一句以下，就是回歸本題的部分。

丙、夾注

「夾注號」是標點符號之一種。當作者顧及某處文意有使人不解之虞時，即暫停文勢的發展，而在該文之下，插置「注腳」，然後才繼續前進。「夾注號」就是這種行文方式所使用的符號。例如：

以前美國商務參贊亞諾德 (Julian Arnold) 告訴我一個故事。他在滬杭火車路上的某站，看見鄉下人在車站圍欄外賣燒雞及雞蛋。其中有一位白髯老人——須知中國的美髯翁，有一種雍容高貴的氣象，西方所無的。照相家每每要靠這羲皇上人的氣象，拍出一張傑作。——亞諾德拿照相機正要拍時……(林語堂〈論赤足之美〉)

從「須知中國的美髯翁」，到「拍出一張傑作」，是一段「添插」的文字——為了注釋該處文意而作。其初現，雖覺突兀；其終則使讀者能澈底領會作者之思想。再看一例：

這一年來我很少讀書，不只為了健康——我若連讀三天書，就要失眠。失眠之後，就

要繼之以氣喘。——也為我從一年以前便辭退下女，自己料理家務……（鍾梅音〈四十歲〉）

「不只為了……」一句之下本應緊接「也為……」一句，但中間卻插置了四個不順勢的句子。這四個句子，就是「夾注」的用途。

其實「夾注」也不必然緊接在所注的文字之下。例如：

家有老嫗，嘗居於此。——嫗，先大母婢也，乳二世，先妣撫之甚厚。——室西連於中閨，先妣嘗一至。（歸有光〈項脊軒志〉）

此中「夾注」是延後一句（「嘗居於此」）才出現的。又如張溥寫〈五人墓碑記〉，其篇尾作結的四個句子（「賢士大夫者」云云），乃是篇首（「郡之賢士大夫」一詞）的注語。其間相隔乃有數百字之遙。

丁、追補

一段「敘述」所應出具的資料，在行文過程中，或因節奏緊湊，或因數事並進，而不及按時全盤交代；乃於後文伺機補白。此種「添插」的性質，稱為「追補」。例如：

秦兵大敗，自相蹈藉而死者，蔽野塞川。其走者，聞風聲鶴唳，皆以為晉兵且至，晝夜不敢息。草行露宿，重以飢凍，死者什七八。初，秦兵少卻，朱序在陣後呼曰：「秦

兵敗矣！」眾遂大奔。（《資治通鑑・肥水之戰》）

「初」字以下，就是追補的資料——補白前文所載「秦兵遂退，不可復止」的緣故。既是補白，文勢當然不順。再舉一例：

從來渡海，未有平穩而駛如此者。於時，球人駕獨木船數十，以繂挽舟而行，迎封三接如儀。辰刻，進那霸港。先是，二號船於初十日望不見；至是乃先至。迎封船亦隨後至，齊泊臨海寺前。夥長云：「從未有三舟齊到者。」（《浮生六記・中山記歷》）

「先是」以下二句也是追補的部分。在文意的理解上，它有補足的作用；在文勢的發展上，它自成一個單位。此在記敘體中，是常用的技術。

戊、預遮

一番說白，可能引發人們的某種聯想或推測。為此，說者預作遮撥（否定），即稱為「預遮」。「預遮」的取用原無必然性，全由作者自由認定。因為此等預設的話頭，屬於附加的性質，所以也是「添插格」的一種。例如：

子曰：「若聖與仁，則吾豈敢？抑為之不厭、誨人不倦，則可謂云爾已矣。」（《論語・述而》）

「學不厭，智也；教不倦，仁也。仁且智，夫子既聖矣。」——這是「孟子」的話，也是一般人的想法；但孔子不肯以仁聖自居，故在自述「為之不厭、誨人不倦」之前，預先遮除「仁與聖」的可能推測。這就是「預遮」之法。再看一例：

我有不少事情，尚可勉強跟著大時代的巨輪向前滾；唯對於讀好書摘要的時尚，自甘落伍。法國散文大師蒙丹(Michel Eyquem de Montaigne)的文章，有甚多深奧之處，我不甚了了；但是有一句話論到好書摘要的，十分淺顯好懂。他說：「任何好書的摘要，都是愚不可及的東西。」(吳魯芹〈書、書房〉)

末兩句引言才是作者所要說的話；但為免讀者誤以為作者甚有研究於「蒙丹」，所以在引言之前，預先遮斷此一可能發生的聯想。而「預遮」話頭的出現，總是難免予人突兀之感的。這是「添插格」的共同特徵。

結語

以上「添插格」五款可歸納為兩大類：「夾注」、「追補」、「預遮」三款歸一類，它們對於文章本身都具有「加強說明」的功能。而「匯入」、「衍出」等一類的功能，則偏重在「增添資料、豐富內涵」之上。所以後一類的「必要性」似不如前一類。至於它們在文字作品中的出現，因為都具有插枝添葉的趣致，所以總稱之為「添插格」。

第二十四講 扣 合

甲、用連接詞
乙、調度音節
丙、對照語型
丁、共同字句
㈠總用
㈡分用
㈢襲用

前 言

一份意念用一段文字表達。意念簡單，文字就簡單；意念複雜，文字就複雜。總之，在此一意念的統攝之下，這一段文字自成一個表意單元。而一篇文章就是由多個這樣的表意單元組合而成的。作者為了表現一段文字的「單元性」，採取某些修辭形式來強化它，那就是本篇所謂的「扣合」技術。扣合一段文字，使顯然成為一個意念的單位，即本修辭格的功能。其具體方法有多種，下文分類論述之。

甲、用連接詞

「連接詞」是連繫詞句的常用工具。若將一切意念的內容性質，大別為「同」與「異」兩類的話，那麼屬於「同質」的意念者，其中可能使用到的連接詞，如「以及」、「猶如」、「不但……而且」等均是。其屬於「異質」的意念者，其中可能使用到的連接詞，如「非此即彼」、「或此或彼」等均是。舉例如下：

先主解之曰：「孤之有孔明，猶魚之有水也。」（《三國志・諸葛亮傳》）

文中兩兩的關係，具有同類的意義，是屬於「同質」的意念，故用「猶」字作連接詞。又如：

然操遂能克紹，以弱為強者，非惟天時，抑亦人謀。（《三國志・諸葛亮傳》）

「非惟……抑亦」，就是「不但……而且」。它連接的是文意同質的句子。至如：

寧與騏驥亢軛乎？將隨駑馬之迹乎？寧與黃鵠比翼乎？將與雞鶩爭食乎？（屈原〈卜居〉）

〈卜居〉文中一連串的疑問句，在理則學上，都屬「選言命題」——「或此或彼」——是性質相異的文意組合而成的。在其連接詞的「扣合」作用之下，上下文統一成一個表意單元。

乙、調度音節

一字一音節。字數相等，即音節整齊。一段文字之中，若諸句音節整齊，讀來自有一種整飭緊湊的感覺。這種感覺使讀者易於掌握住一個繁複意念的表出。換言之，藉助音節的調整，以扣合一段冗長的文字，可使繁複的意念的表出，一氣呵成。例如：

夫中興之於用兵，只是一事。要以修政事、信賞刑、明是非、別邪正、招徠人才、鼓作士氣、愛惜民力、順導眾心為先。（李綱〈請立志以成中興疏〉）

「要以……為先」，是個冗長的表意單元。但其間先是整齊的三字句，接著是整齊的四字句，讀來節奏緊湊，所以能一氣到底，順利傳達一份繁複的意念。再如：

當時吞聲飲泣、枕上淚痕、荼蘗茹苦、竈間暈厥之慘狀，髣髴目前。（蔣中正〈先妣王太夫人百歲誕辰紀念文〉）

用來修飾「當時慘狀」的乙級詞，共為四個小句，每句皆四音節。如此冗長的句法，若不作此調度，將有失讀失解之虞。

丙、對照語型

議論之文，不外反覆論證、比較異同。其間文義之發展，或同類相比，或異端對立。作者採用對照的語型，來牽制前後，也能發揮「扣合」的作用。例如：

效伯高不得，猶為謹敕之士，所謂刻鵠不成尚類鶩者也。效季良不得，陷為天下輕薄子，所謂畫虎不成反類狗者也。（馬援〈誡兄子嚴敦書〉）

這是兩則「類比」的文義。先後用同一語型來述說，自然扣合成一個表意單元。又如：

有一善，從而賞之，又從而咏歌嗟嘆之，所以樂其始而勉其終；有一不善，從而罰之，又從而哀矜懲創之，所以棄其舊而開其新。（蘇軾〈刑賞忠厚之至論〉）

這是兩則「對立」的文義，先後也採用同一語型來述說，扣合成一個表意單元。當文義簡單時，尚可以造就近乎「排偶」的句型；其立論繁瑣者，勢難字比句對、剪裁工整；然亦必彷彿其姿態，使足以牽繫前後文者為佳。例如：

賢於己者，問焉以破其疑，所謂就有道而正也。不如己者，問焉以求一得，所謂以能問於不能、以多問於寡也。等於己者，問焉以資切磋，所謂交相問難、審問而明辨之也。（劉開〈問說〉）

這三則文義的尾句，差異稍大。但仍能予人一種相彷彿的觀感，所以不失「扣合」的功效。

丁、共同字句

藉共同字句的運用來牽繫上下文，也是一種「扣合」修辭法。實際的運用有三種技術，曰「總用」，曰「分用」，曰「襲用」。分別說明之：

㈠總用

諸多並列之語，共用一話頭以總括之，可以強化其彼此間之關連，免於零落鬆散。至於總括的詞句，或置文端，或置文尾，均無不可。例如：

> 刻下所志，惟在練兵、除暴二事：練兵則猶七年之病，求三年之艾；除暴則借一方之良，鋤一方之莠。（曾國藩〈復彭麗生書〉）

「練兵」與「除暴」二事，分述於下；而上文先用總括之語以統攝之。這是共同字句的「前置」之例。再如：

> 曰：「知足不辱、知止不殆。」曰：「知白守黑、知雄守雌。」曰：「不為物先、不為物後。」曰：「未嘗先人，而常隨人。」——此老氏之諷言，不待論矣。（梁啟超〈論進取冒險〉）

這是先分述，後用共同字句總括之法。所以是屬「後置」之例。

當然也有前後並置，成箍合之形勢的。例如：

> 舍己為群之理由有二：一曰己在群中，群亡則己隨之而亡……此有己之見存者也。一曰立於群之地位以觀群中之一人，其價值必小於眾人所合之群……此無己之見存者也。
> ——見不同而舍己為群之決心則一。（蔡元培〈舍己為群〉）

「舍己為群之理由有二」與「見不同而舍己為群之決心則一」兩句話原亦可以相連成文——

或前置之，或後置之。但作者分離之——一置前，一置後，緊緊地扣合本段文字，造就一個表意單元。

㈡分用

並列諸語，分別使用同一話頭以為連繫者，是為共同字句的「分用」之法。例如：

言論可以自由也，而或乃許發陰私、指揮淫盜；居處可以自由也，而或於其間為危險之製造、作長夜之喧囂；職業可以自由也，而或乃造偽品、販賣毒物；集會可以自由也，而或以流佈迷信、恣行奸邪……（蔡元培〈自由與放縱〉）

「某某可以自由也」，是一共同話頭，作為全段文字之連繫者。因為是見諸句首，所以屬於「前置」之法。又如：

朱壽昌之棄官行乞、跋涉風雪，愛其親也。豫讓之漆身為厲，被髮為奴，愛其君也。諸葛武侯之扶病出師，洒一掬之淚於五丈原頭而不辭者，愛知己也。（梁啟超〈論進取冒險〉）

「愛其某也」，是其共同話頭。但因為是見諸句尾，所以是「後置」之法。

㈢襲用

下文刻意襲用上文的字句，使成首尾相銜之形勢者。例如：

民惡憂勞，我佚樂之；民惡貧賤，我富貴之；民惡危墜，我存安之；民惡滅絕，我生育之。能佚樂之，則民為之憂勞；能富貴之，則民為之貧賤；能存安之，則民為之危

墜；能生育之，則民為之滅絕。（《管子‧牧民》）

後半段的詞句均沿用前半段的文字而造，上下自然扣合成一個單元。又如：

嗚呼！士而不先言恥，則為無本之人；非好古而多聞，則為空虛之學。以無本之人，而講空虛之學，吾見其日從事於聖人，而去之彌遠也。（顧炎武〈與友人論學書〉）

「無本之人」與「空虛之學」二語的襲用，也使上下文有效地銜接成一體。

結語

一篇文章就是一個有組織、有系統的心思過程。這過程之中，包含多個意念單元。寫作文章者，就是一個個單元去經營並表達之。每完成一個單元，就向前推進，繼續去經營另一個。在經營一個意念時，作者總是設法建立一種形式來表現它。這一形式是為那個意念而設的——它令一個意念單元也有一個形式單元來配合。這個形式緊緊地維繫著單元中的意念，本篇稱此修辭技術為「扣合」。隨著意念的類型及作者風格的不同，其扣合之法也有種種變化。本篇所論，即是這種修辭格的應用。分類舉例，是為了論述方便。在實際作品中，混合應用之例，所在多有也。

第二十五講 新詩的語言

甲、語法

(一)擴展

(二)移易

(三)擠壓

(四)脫略

(五)夾雜

1. 借用成語

2. 仿古

3. 鍾鍊的結果

(六)回疊

1. 疊複

2. 回旋

乙、詞義

㈠升級

㈡泛化

㈢蛻變

㈣複合

㈤隨變

前言

詩是人類語言的精粹。而一種詩體有一種詩體特有的語言——唐詩有唐詩的，宋詞有宋詞的——因而表現出該種詩體特有的風貌。民國以來，詩人試作新體，除在聲韻、節奏上，作新嚐試之外，也在遣詞、造句上，創新語言形式。本篇即就此一時期作品，歸納其異乎常規的語言形式，分類研討之，以見當前詩體在新語言的營造上，所表現之一斑。

試從「語法」及「詞義」兩個層面，分頭論述。前者是指字句組合的新形式，後者是指文詞所表現的新意義。

甲、語法

語言的法則多半是約定俗成的——其過程是漸進的，其結果是眾人共守的。所以始創之初，常只是創作者個人的語言藝術而已，不屬於眾所通行的語言法則。下文將此等新創的語法，歸納作六類，分別標題，並舉例說明之。

㈠擴展

為擴大一個文法單位中語意活動之規模，因而導致文法單位之變格者。例如：

只仰瞻
以溫柔之眸
只眷戀
以虔誠之心
只供奉
以香火氤氳（胡品清〈瓷象〉）

上文三組排比的句子，前二組是尋常語法。例如「瞻仰以溫柔之眸」一句：「瞻仰」是動詞，「溫柔之眸」是一個詞組——作補詞用。然而第三組的補詞（「香火氤氳」）卻是一個詞結——「香火」是主詞，「氤氳」是述詞。若將原句改寫作「只供奉以氤氳的香火」，就與前二組同型，而為一常態語法了。

此一新式語法，本篇稱之為「擴展」，重點其實不在字數的增加，而在文法單位的變格。例如上文：「供奉以」之後若接用詞組（「香火」，或「氤氳的香火」），就屬傳統語法；但此處卻接用詞結（「香火氤氳」）。原屬「詞組」的文法單位，升為「詞結」的文法單位。升格的結果，語意活動的規模自然擴展。再看一例：

左面的碧煙是相思樹成林
葉細如針，織一張惘然之網
要網住水灰色的天涯嗎？
右面是紫荊霎霎的紅霧
似乎是還沒有燃旺的春天
要轟轟烈烈還等木棉（余光中〈紫荊賦〉）

上面是兩段排比的文字：分別以「左面」、「右面」起首。檢查其文法，開頭各是一判斷句：主詞分別為「左面的碧煙」及「右面」；繫詞俱為「是」；述詞則一為「紫荊霎霎的紅霧」（詞組），一為「相思樹成林」（詞結）。作為判斷句的述詞者，「詞組」是常格，「詞結」是變格。如今由「詞組」升格為「詞結」，就是一種「擴展」。

「轉品」的活動在新體詩裏也有擴展的跡象。詞性轉變，謂之「轉品」。這原是極平常的語言現象，例如：

梨園子弟白髮新，椒房阿監青娥老。（白居易〈長恨歌〉）

上文中的「新」、「老」二字，都是以形容詞作動詞用的轉品例子。但通常只是一個字，多至兩個字的運轉而已。如今在白話詩中乃有更擴展的傾向。例如：

歷史，是本常常改寫的書
所謂改，不過
後代抄襲前代
而土地宛是壁虎尾巴
易斷不易復合
本紀這一斷
竟楚河漢界起來（大荒〈遲佩的黑紗〉）

「楚河漢界」是一個大型的詞聯（中含兩詞組）。而在上文中，乃整個作為動詞之用。是為轉品活動之「擴展」。

(二)移易

這是指句中文法單位的挪移。挪移的目的，有時是為了突顯某一意念的。例如：

當我出去工作，再度進來時
受傷的蝴蝶已經滾到地上
讓我沒長眼睛的腳把牠踩碎，連同我

憐憫的心，像一枚枯葉（林煥彰〈受傷的蝴蝶〉）

「像一枚枯葉」，在上文中屬於「限制詞」（副詞）。「限制詞」正常是不掛在句尾的。本文為了加重此一意念，因而移易它的常態位置。再如：

當有人在樹下靜坐

……

……

難道夢中之夢早被窺知，而石膏像

睜開了眼，當一切都被給以靈魂……

而初遇之初，美羅織成網

有人被縛住，當靜坐在樹下（敻虹〈蝶蛹〉）

末句「當靜坐在樹下」，是一個表時間的「詞結」，正常也是不落在句尾的。因為原詩首句是「當有人在樹下靜坐」，作者為了造就一個首尾相銜的體式，所以如此移易句位。

位置移易，有時只是為了避免「陳舊」之故。例如：

晨早　我走過大街

看見老美一對夫婦

從亂糟糟的菜市場走出來（陳千武〈陌生的城市〉）

「看見一對老美夫婦」是常格，「看見老美一對夫婦」是變格；命意並無不同。再如：

　　去年是圓月的光輝一牀
　共看嬋娟今夕在兩岸（余光中〈姮娥操刀〉）
首句若寫作「去年是一牀圓月的光輝」，則順口有餘，精神不足。

㈢擠壓

繁富的語意，為避免表現成冗散的語型，乃特殊錘鍊成一種「擠壓」的形式。例如：

　出峽兩載落魄的浪遊
　雲夢無路杯中亦無酒
　西顧巴蜀怎麼都關進
　巫山巫峽峭壁那千門
　一層峻一層瞿塘的險灘？（余光中〈湘逝〉）
在文法上，後三行是一個單元。語意繁富，經錘鍊而成「擠壓」的句法。此種句法的修辭意義，可從下面的例句比較得知。——

　我是一隻螞蟻，
　我的體積僅有地球上的東方人類賴以為生的一粒米的二十分之一，（楊允達〈螞蟻的自白〉）
後句也表達了繁富的語意。但語法冗散，殊乏詩趣。

(四)脫略

為了吟誦效果計，而抽去句中文字者，稱為「脫略」。脫略的代價是：犧牲了表意的精確性。而這一代價乃正為此種語法的特色。例如：

那些年代，
橫行在七海的霸蚌，
繽紛奪目如詩人未及追述（的）拱殿的壁畫（張錯〈貝珠淚〉）

「追述」是動詞；「追述的」變成形容詞。原文脫略一個「的」字，文意因而有歧解之虞。然而若不略去，就會妨害了詩歌的節奏性。

(五)夾雜

兩種文體並見於一篇作品之間，稱為「夾雜」。例如：

牧神在大學的紅磚牆外
（你不知道，你不知道）
不會來旁聽你的古典時代
牧神在女生宿舍的牆外
也不修羅蜜歐與朱麗葉
老教授，老教授，換一條領帶
大一時你有沒有鬧過戀愛？

Professor, your tie, your tie!

（你不知道你是誰，你不知道）（余光中〈大度山〉）

這是中文、英文夾雜的作品。「夾雜」是「為例不純」的意思，但卻未必是壞的作品。當數種文體已習慣地同時活動在人心中時，則出於口、筆於書，「夾雜」便不可免。因為它合乎「自然流露」的原理。

目前夾雜外語的詩作，畢竟為數不多；而文言與白話並行的例子，則十分普遍。本來文言之於白話，原就不是「爾疆彼界」的關係。傳統文化既然憑藉文言來紀錄、流傳，作為一個現代詩人，便不能免於文白雙修的歷程。加之傳統文人在「文言」的園地耕耘既久，成績斐然；今之文人又豈能不藉它來陶養自己？所以白話詩之初倡，雖是對文言詩的革命；但其結局乃不能屏拒「文言」於詩門之外。

文白夾雜的狀況至少有三類：一是「借用成語」，二是「仿古」，三是「錘鍊的結果」。分別說明：

1. 借用成語：

此又包括「直接引用」及「變造語型」兩種款式。例如：

夢想河的上游有紅花盛開的桃樹林和
雞犬相聞無所爭的國度
……

……
暮春三月，我緊握竹篙
夢想河的上游有永遠的和平（蕭湘〈上游〉）

上聯借用〈桃花源記〉（陶潛）的句子「雞犬相聞」；下聯借用〈與陳伯之書〉（丘遲）的句子「暮春三月」。二者都是直接引用舊語的例子。再如：

而猿聲猿聲
兩岸啼不住
……
……
烽火大半輩子
家書還有什麼能抵？
……
……
父在我不能奉養
父病我不能探望
父去我不能奔喪
……

……

少小離家，老大不回

衰的何止兩鬢（大荒〈遲佩的黑紗〉）

第一聯借用〈下江陵〉（李白）的句子「兩岸猿聲啼不住」；第二聯借用〈春望〉（杜甫）的句子「烽火連三月，家書抵萬金」；第三聯借用〈祭十二郎文〉（韓愈）的句子「汝病吾不知時，汝歿吾不知日；生不能相養以共居，歿不得撫汝以盡哀」；第四聯借用〈回鄉偶書〉（賀知章）的句子「少小離家老大回，鄉音無改鬢毛衰」。以上這些，是借用舊語而加以變造的方式。所以是屬「變造語型」的例子。

成語，是人們共同熟悉的語句。借來表意，有親切易讀之效。

2.仿古：

人是歷史的動物，「模仿」是有趣的活動。現代詩人，當寫起「詠史」、「弔古」一類的詩作時，往往仿擬古典文體，而形成一種特別的風味。例如：

會稽山之陰

老丈三三兩兩

青衫者成群

鋪席，置飲具於一株水柳之下

或繞著蘭亭轉圈子

俛仰之間，吟哦不絕（洛夫〈觀仇英蘭亭圖〉）

這不但運用古文語法，且模仿其節奏，甚至採用古字（俛，俯之古字）。於是字裏行間便古意盎然了。再如：

傾洪濤不熄遍地的兵燹

溽鬱鬱乘暴漲的江水回棹（余光中〈湘逝〉）

原詩有副題云：「杜甫歿前舟中獨白。」篇中有杜甫的形跡，也有屈原的影子。上引二句，即具辭賦風格。翻閱《楚辭》，此類語法俯拾皆是。例如：

飲余馬於咸池兮

揔余轡乎扶桑（屈原〈離騷〉）

佩繽紛其繁飾兮

芳菲菲其彌章（屈原〈離騷〉）

紛總總其離合兮

班陸離其上下（屈原〈離騷〉）

任舉數語，相與對照，其「仿古」的語法，顯然可見。

3. 鍾鍊的結果：

顧名思義：「文言」是文章的語言；「白話」是口頭的語言。一般而言，「文言」是較「白話」為精鍊的。所以即使運用「白話」寫作，一經鍾鍊，也就會傾向「文言」之風貌了。

例如：

一隻苦瓜，不再是澀苦
日磨月磋琢出深孕的清瑩
看莖鬚繚繞，葉掌撫抱（余光中〈白玉苦瓜〉）

跫音不響，三月的春帷不揭
你底心是小小的窗扉緊掩（鄭愁予〈錯誤〉）

我舉目，你是浩浩明月
我垂首，你是莽莽大地
我展翅，你送我以長風萬里
我跨步，你引我以大路迢迢（洛夫〈血的再版〉）

雖是白話詩作，但詞法、句法，總不離「文言」形影。此等例子，在現代詩中，俯拾即是。

㈥回疊

詩中字句重疊使用時，其修辭的意義由「吟誦」來認定。所謂「回疊」之法，其實包括「疊複」與「回旋」二式。分別舉例。

1. 疊複：

呼號生於鼎鑊
呻吟來自荊棘……

而欲逃離這景象這景象的灼傷是絕絕不可能的！
恆河是你；不可說不可說恆河之水之沙也是你。〈周夢蝶〈第九種風〉〉

上文疊複在「這景象」、「不可說」等處。

陌生的調子如玉石碰撞肌膚
搖擺的旋律在兩極之間拉長
遂覺悟那些不是
那一群匆匆的螻蟻不是
不是我們前生的形象〈楊牧〈狼〉〉

疊複在「那些不是」一處。

2.回旋：

誰也無從預測
輸掉的
是昨日的滄海
明日的桑田
抑或億萬年來看盡的白雲蒼狗
蒼狗白雲的天空〈洛夫〈形而上的遊戲〉〉

「白雲蒼狗」，回旋作「蒼狗白雲」。再如：

旋地轉天的暈眩，大風砂裏
　碑石一塊接一塊
　一塊接一塊磚石在迸裂（余光中〈長城謠〉）

「磚石一塊接一塊」，回旋作「一塊接一塊磚石」。「回旋」造就一種循環不已的印象——是由文字的排列構成，所以映象直接。

乙、詞　義

文詞取義，本即有相當的彈性。語言在長期的演進過程中，自然形成其詞義變用的規則。合乎此規則的，就是正格；而別出心裁的，就是變格，難為一般人所仿用。歸納現代詩人變用詞義的路線，試舉五類以見一斑：

㈠升級

常用的文詞，有其定常的等級。而異常的升級使用，雖不合理解的習慣，卻可以擴大文詞的含意。此即「升級」之目的所在。例如：

祖國　當六天勞累的都市
　已想到週日郊外的風景
鳥便在天空對飛機說

巍然的帝國大廈
永遠高不過你（羅門〈時空奏鳴曲〉）

在「勞累的都市」中，「都市」是甲級詞；在「勞累的都市的人」中，「都市」是乙級詞。「勞累的都市」所指涉的範圍，廣於「勞累的都市的人」。此乃是由「都市」一詞升級的結果。

(二)泛化

定義簡單而明確的詞，被用來表現一種遠為廣泛的概念時，對作者而言，這是簡便了表意的手續；對讀者而言，則加深了理解的難度。例如：

下午三時。有許多雲無所是事。
柏油路面橫著些游動的影子
垂頭，雙手插在褲袋裏——
我停下來猶豫著，應否輾過去
——倏地，眼前黯成塞尚

但田野很快又恢復成梵谷
狂野的玉米和葵花，燃燒的瞳——（陳克華〈路〉）
他們告訴我，今年夏天
你或有遠遊的計劃

去看梵谷或者徐悲鴻（余光中〈寄給畫家〉）

上面二首詩中，「塞尚」、「梵谷」、「徐悲鴻」三詞，實不只是三個人名而已；已擴大為以其人為中心的更廣泛的意義。

㈢蛻變

詞性轉變，原是極平常的語文現象。此所謂「蛻變」乃專指「內動詞」（不及物動詞）與「外動詞」（及物動詞）互變的現象。這是屬於比較特殊的語文現象。例如：

望著自己三十多年來

仍一直望著的眼睛（羅門〈時空奏鳴曲〉）

第二行的「眼睛」，不是第一行「望」字的受詞。換言之，此「望」字並無受詞。它已由「外動詞」蛻變為「內動詞」了。又如：

整座天空在煙火中

藍不出來（羅門〈時空奏鳴曲〉）

「藍」字若作動詞用，通常用為「外動詞」；但此處乃是一「內動詞」。再如：

我的心是七層塔簷上懸掛的風鈴

叮嚀叮嚀嚀

此起彼落，敲叩著一個人的名字（余光中〈風鈴〉）

「敲叩」本是一個「外動詞」，此處則是一個「內動詞」。「敲叩著一個人的名字」，意同「響著一個人的名字」，或「響成一個人的名字」。所以「名字」並不是「敲叩」的受詞。

㈣**複合**

兩單位的觀念，合成一個單位來表現。例如：

三兩個中年人
坐在疲累裏
手裏的刀叉
慢慢張開成筷子的雙腳
走回三十年前鎮上的小館（羅門〈麥當勞午餐時間〉）

「疲累地」、「坐在椅子裏」兩個觀念，只寫成「坐在疲累裏」——一個單位完成表達。

㈤**隨變**

下文順應上文的型態，強制改變詞質來使用的，例如：

飲一些些酒
賦一些些詩
放一些些浪於敗草般的形骸之外（洛夫〈觀仇英蘭亭圖〉）

「放浪」是個「詞聯」，「飲酒」與「賦詩」兩個是「詞結」，彼此不同。「一些些」的統一使用，是下文遷就上文而成的。又如：

窗內一盤餐飲

窗外一盤街景（羅門〈麥當勞午餐時間〉）

「一盤」是「餐飲」的計量單位。此處用來計量「街景」，就是下文順應上文的型態而改變詞質來使用的結果。

結語

以管窺天，可以窺得天之一角；推敲詩的語言形式，也可以瞭解詩藝之一端。本篇綜論新詩的語言，因為不專屬一種修辭技術，有別於前此各篇，故附諸全書之後云。

參考書目

修辭學發凡　陳望道著（香港出版）

修辭學　傅隸樸著（正中書局）

字句鍛鍊法　黃永武著（商務印書館）

修辭學　黃慶萱著（三民書局）

修辭學論叢　洪北江主編（樂天出版社）

修辭學研究　陳介白等著（信誼書局）

修辭析論　董季棠著（益智書局）

古詩文修辭例話　路燈照・成九田著（商務印書館）

中國文法講話　許世瑛著（開明書店）

文藝心理學　朱光潛著（開明書店）

藝術的奧秘　姚一葦著（開明書店）

修辭散步（增訂二版）

張春榮／著

當什麼事情成為一種「專業」、一種「學術」時，就漸漸與一般讀者疏離。修辭學的發展正是如此。可是文字之所以能產生美感，修辭又扮演了很重要的角色。但如果只談「修辭學」，又無異將一般讀者推到文學欣賞的門牆之外。在這個兩難的局面下，張春榮教授以豐富的學養，嚴謹的編寫態度，架構了一條文學步道，邀您散步其中，自然領略修辭搖撼心靈的力量。

應用文（修訂七版）

黃俊郎／著

本書針對一般常用的各類應用文加以分列說明，並依照最新「公文程式條例」及「文書處理手冊」再次修訂公文、會議文書等章節。而近年對於存證信函的使用、企畫書的撰擬，已成為日常生活、職場上所必要具備的能力，故特立章節詳加介紹，並提供讀者最新、最正確的參考範例。本書旁徵博引多種範例，深入淺出地為讀者介紹應用文的專用術語及寫作原則。不但可以作為認識應用文的入門書籍，其詳贍的解釋及貼近生活的事例，更是寫作應用文時的最佳參考。

階梯作文2（增訂二版）

邱燮友等／合著

高中階段的作文，在閱讀的累積和學思的增長之基礎上，需有更進一步的學習、訓練和要求，這也是學子能否進入文學創作與欣賞殿堂的重要關鍵。本書著眼於此，特別從作者的基本素養、作文內容構思、遣詞造句技巧和謀篇布局的方法等四方面，以二十五講子題，詳為解說引證，條分縷析，是學生提昇作文能力的最佳指導。書後並附有「升大學應考作文攻略」，讓您能養兵千日，用在一時，得意考場。

大學寫作基礎課程—提升寫作能力指引

高光惠等／合著

本書作者群均長期教授寫作課程，其經驗與心得，相當值得大家參考。書中從理論及實務兩方面編寫，探討大學生面對寫作時可能產生的困擾與疑惑，並從寫作中最基本的仿寫、改寫、摘要等練習引領大學生學習寫作。本書與已出版的姐妹書《大學寫作進階課程——研究報告寫作指引》相輔相成，二書建構完整的大學生寫作指引，對於有志提升寫作能力的大學生及社會人士，絕對是不可錯過的實用好書。